रंग महर[illegible]
होते हैं

कविताएँ

पीयूष सिंह

अंजुमन प्रकाशन

Title : Rang Mahsoos Hote Hain
Author : Piyush Singh

Published By-
Anjuman Prakashan
942, Mutthiganj, Prayagraj, 211003
www.anjumanpublication.com
anjumanprakashan@gmail.com

Paperback, First published by Anjuman Prakashan in 2022
ISBN : 978-93-91531-81-2

Cover & Typeset by Anjuman Prakashan

आजी बाबा के लिये

जिनसे मैंने

निरंतर प्रयत्नशील रहना

और सदैव कठिन परिश्रम करना

सीखा

भूमिका

पेंसिल से शुरू कर, छह से नौ नम्बर का जूता पहनते-पहनते की बोर्ड पर उँगलियाँ फिराकर अपनी बात को कविता के माध्यम से सहजता से कहने का हुनर स्वत: ही उपजा। जमात दस में पहली हिन्दी कविता कहने से पहले अंग्रेजी में कई लिख ली थी। यह सिलसिला सेंट माइकल कॉन्वेंटस्कूल, आईटीआई मनकापुर से होता हुआ 2004 में इलेक्ट्रॉनिक एंड कम्यूनिकेशन इंजीनियरिंग, गोरखपुर तक परवान चढ़ा।

पीयूष सिंह पिछले 17 वर्षों से आईटी इंडस्ट्री में बतौर आईटी कंसलटेंट कार्यरत हैं। कंप्यूटर की लैंगवेज में कोडिंग करते-करते कविताओं को उतनी ही खूबी से डिकोड करते। उन्हें मजा आने लगा था। घर वाले प्रकाशन के लिये दबाव बनाते। मस्त-मौला पीयूष ने न भेजी, न छपी।

2019 को सभी कविताओं में, जो दिल के बहुत करीब थी, संजोया और एक दस्तावेज "रात की धूप में" नामक पुस्तक के रूप में प्रकाशित हो, साहित्याकाश में अपनी मौजूदगी दर्ज करा गया।

कविता यात्रा पर बकौल पीयूष "मैंने हर उस अवसर पर कुछ न कुछ लिखा है जब मैं अपनी बात साधारण तरीके से कहने में असमर्थ रहा। निरंतर सीखने को प्रयत्नशील रहना और एक बेहतर इंसान बनने का प्रयास करना, मेरा लक्ष्य है। मेरा मानना है कि विचार का बीज जमीन तोड़ता है, शेष सब अपने-आप हो जाता है। मुझे लगता है मैं अभी इतना काबिल नहीं हुआ हूँ कि अपनी उपलब्धियाँ गिना सकूँ। सीखने का सफर जारी है और निरंतर जारी रहेगा।"

इलाहाबाद (अब प्रयागराज) में 8 जून 1982 को जन्मे पीयूष दो होनहार पुत्रियों के लाडले पिता हैं। बस यूँ समझिए तेरे बदले जमाने की कोई चीज न लूँ। सेवानिवृत्त अभियंता पिता, कुबेर के खजाने का वरिष्ठ प्रबंधक एक छोटा भाई और एक कवि हृदय छोटी बहन। सुशील शिक्षक पत्नी और संस्कारों की देवी माता जी। गृहणी कविता सृजन में उत्प्रेरक के रोल में मुस्तैद।

पीयूष भाई का जीवन दर्शन, दृष्टि, दृष्टिकोण अद्वितीय, अद्भुत व अवर्णनीय है। स्टेशन पर खिलौने की दुकान पर एक लकड़ी की नाव पसंद आ गयी। खरीद ली। बस कविता का कच्चा माल हाथ आते ही नाव अब कविता की धारा और विचारों के बहाव में गोते लगा रही थी। किनारे पर लाने की कोई जल्दी नहीं थी। वो हर मूर्त-अमूर्त, जीवित-मृत, साकार-निराकार यानी कि कुछ शब्दों में समेटें तो उन्हें खुली आँखों से दिल तक पहुँचने वाली हर चीज़ स्याही में भिगोकर कागज पर

उतारने को बच्चों की तरह मचल जाते हैं।

पहली धार की कच्ची-सच्ची रचना, सदैव कैंची तलवार से लेस अपने अनुज अभिषेक के हवाले कर, इत्मीनान से सोने चले जाते हैं। बड़े भाई का लिहाज और डर एक कोने में रख निर्ममता से शल्यक्रिया शुरू कर देते हैं। फिर हरी बत्ती जलती है। पूरे सही कसबंध के साथ कविता खिलखिलाती है। वाह-वाही की चादर ओढ़कर कविता फेसबुक ट्रेंड हो रही होती है।

उदीयमान कवि पीयूष सिंह का यह दूसरा कविता संग्रह है। इस संग्रह में 75 कविताओं का गुलशन है। सबकी अपनी-अपनी खुशबू है, अपने-अपने रंग हैं। सच तो यह है कि रंग महसूस होते हैं। पीयूष में बात को कहने की जो अदा है, जो कच्ची मिट्टी है, जो रंग हैं वो भरपूर महसूस होते हैं। अन्य कवियों से इनकी तुलना बेमानी है। ये अपनी क्यारी में अपनी पसंद का पौधा रोपते हैं। विचारों की शुद्ध आर्गेनिक खाद के साथ उसमें खुशबू और रंग भरते हैं। शायद इसीलिये पाठक को भी रंग सहसूस होते हैं।

आइए हम भी रंग महसूस करते हैं।

कविता आँगन का वृक्ष में मानव प्रवृत्ति को बहुत खूबसूरती से दर्शाया गया है। पीयूष इंसान की उपयोगिता अपने तरीके से देखते हैं और यथार्थ को शब्दों में पिरोकर रखने की कोशिश करते हैं जो कि सम्पूर्ण तासीर के साथ पाठक के मन तक पहुँच जाती है। इंसान जब तक फल देता है इंसान की तरह देखा जाता है, उसकी देख-रेख होती है। पूजा होती है। लेकिन जब वह फल देना बंद कर देता है वह ठूँठ हो जाता है। उसको काट देते हैं मिट्टी में मिला देते हैं। अच्छी कविता है।

बचपन की हत्या कविता में सामाजिक जकड़न को बहुत ही खूबसूरती के साथ दर्शाया गया है और यह बताने की कोशिश की गई है कि जो हमारे बने बनाये फ्रेम पर नहीं चलता उसको समाज दरकिनार कर देता है। बचपन में ही बचपन की हत्या हो जाती है, इसी सच्चाई को वह अपने तरीके से स्थापित करते हैं।

भूली हुई सी कुछ स्मृतियों को यह एक लंबी कविता है और इसमें पीयूष अपने मनोभावों को बहुत ही सलीके से रखते हैं। बताते हैं कि उन्होंने अपने जीवन में क्या खोया क्या पाया। जो भी जीवन में गुजरा है वह सारी स्मृतियों को उन्होंने यहाँ पर रखने की कोशिश की है।

बहुत बड़ी कविता और भ्रम होती है इन दोनों में पीयूष कविता के बारे में अपने विचार व्यक्त करते हैं। उनका मानना है कि कविता बहुत बड़ी नहीं होनी चाहिए और इसके दुष्परिणाम स्वरूप कविता का स्तर ही गिराता है।

कविता चमड़े का व्यापार में पीयूष अपने तरीके से देह व्यापार से जुड़े लोगों

को नंगा करते हैं। बताते हैं समाज के रसूखदार लोग कुछ चंद सिक्कों की लालच में चमड़े का व्यापार करते हैं। वह समाज की नंगी सच्चाई को सामने लाने की कोशिश करते हैं और पाठक को सोचने के लिये मजबूर भी करते हैं। एक अच्छी कविता बन पड़ी है।

कविता चाँद और सूरज में पीयूष यह एक कल्पना करते हैं कि अगर चाँद और सूरज को मिला दिया जाये तो क्या हो? कभी चाँद अग्नि उगलने लगे और कभी सूरज शीतल हो जाये। इसमें कोई रॉकेट साइंस इन्होंने यूज नहीं की है बल्कि यह कल्पना मात्र है और उसमें वह आनंद भी लेते हैं। काल्पना के पंखों पर परवाज भरती यह कविता अच्छी बन पड़ी है।

कविता चिंगारी में पीयूष अपने आक्रोश को सामने लाने की कोशिश करते हैं। वह कहते हैं कि मल दो स्याह उन भोले वाले चेहरों पर/ जिससे कि उन्हें पहचाना असंभव हो जाये/ क्योंकि इससे ज्यादा तुम कुछ कर नहीं सकते /तुम सिर्फ बुझा सकते हो जलते दीयों को... इसी कविता में वह आगे कहते हैं जाओ अपनी फौज तैयार कर लो/बहुत बड़ी लड़ाई लड़नी है तुम्हें/ इन रोशनियों से, इन चीखों से। इस कविता में उनका सॉफ्ट नेचर के इतर, सोच का एक अलग शेड भी दिखा है।

कविता धरती की पीड़ा और प्रतिशोध व धरती मरती नहीं में आसन्न विभीषिका का चित्र खींचते हैं। पीयूष कहते हैं कि जो भी जीवित या मृत है वह एक दिन खत्म हो जायेगा। नाश हो जायेगा। मिट जायेगा। लेकिन धरती कभी नहीं मिटेगी। वह कहते हैं कि धरती चोटिल रोज होती है पर धरती मरती नहीं।

कविता धीमा होना अच्छा है में पीयूष ने यह स्थापित करने की कोशिश की है कि आज भागती जिंदगी की इस आपाधापी में थोड़ा सा रुकना चाहिए। कभी ठहरना चाहिए और कभी धीमा होना भी अच्छा है। इसमें वह यह तथ्य स्थापित करते हैं कि धीमा होना क्यों अच्छा है। यह भी अच्छी कविता बन पड़ी है।

पीयूष अपनी कविताओं में प्रगति को कहीं ना कहीं अपने तरीके से पेश करने की कोशिश करते हैं। एक कविता है धूप आने दो इसमें भी यह बताते हैं कि बंद अंधेरे कमरों का ये किस्सा है सारा/ सूख गया है यहाँ का सूरज सारा का सारा/ सूखे सूरज की फिर कोशिश/ नया झरोखा बनाने दो/ आने दो थोड़ी धूप आने दो... अच्छी कविता है।

पीयूष दोहे भी अच्छे कहते हैं। अपना-अपना सब करें सब हैं उसके जाये/ सब यहीं रह जायेगा क्या था जो तुम लाय.... कुछ दोहे तो बहुत अच्छे बन पड़े हैं। एक और देखिए बातन के हैं बहुत बड़े ओछे जिनके काम/फीके हैं पकवान सब ऊँचा उनका दाम।

कविता एक अकेला में वह मनुष्य और बंदर के साथ एक समानता को पेश करते हैं। कविता में यह बताने का प्रयास करते हैं कि जो गुण बंदर के अंदर है वही मनुष्य में भी है लेकिन बंदर कभी मनुष्य नहीं बन सकता और मनुष्य बंदर होकर भी मनुष्य है। एक अच्छी कविता है अच्छा सोच है इसके पीछे।

घोड़ा और पिता इस कविता में जितने भी गुण घोड़े के होते हैं उसकी तुलना वह पिता से करने की कोशिश करते हैं। उनका कहना है कि जिस क्षमता के साथ घोड़ा परफॉर्म करता है उसी तरह पिता भी जुता रहता है अपने परिवार के लिये। अपनी पूरी क्षमताओं व शिद्दत के साथ खींचता है घर की गाड़ी को। जरूरतों की खातिर भागता है। वक्त की कील से नाल जड़ाकर दौड़ता है पिता।

इमारत कविता में मेहनतकशों के बारे में बहुत ही संवेदनशील तरीके से बात रखते हैं कि टीन टपरों में रहने वाले यह मजदूर बिल्डिंग तो बना देते हैं लेकिन बिल्डिंग बन जाने के बाद इनका खुद का घर उड़ जाता है। फिर ये सब लादकर चल देते हैं नये ठीहे की तलाश में। कुल मिलाकर बहुत अच्छी कविता है।

जातिवाचक संज्ञा कविता में पीयूष घरेलू नौकर और कुत्ते की समानता पर बात करते हैं। कहते हैं कि हम अपनों को कुत्तों की तरह पालते हैं और कुत्तों को इंसान की तरह। उनके रखरखाव और खानपान में भेदभाव करते हैं। संवेदनशील कविता है। अलग जौनर की कविता है।

कविता की मौत में आज कविताओं के साथ जो स्थितियाँ हैं और जिस तरीके से श्रोता-पाठक, विश्लेषक-आलोचक उनकी हत्या कर देते हैं वह कहाँ तक जायज है। आखिर ऐसा क्यों? कविता का मातम भी नहीं मनाया जाता। इन्होंने लेखक और पाठक के बीच जो रिश्ता है और जिस तरीके से यह एक छद्म और गूढ़ विमर्श ना होकर एक नाटकीय मंचन है जो एक दूसरे की प्रशंसा में कसीदे पढ़ते रहते हैं।

पुस्तक के शीर्षक वाली कविता रंग महसूस होते हैं में पीयूष काला रंग को लेकर कुछ ज्यादा ही संवेदनशील दिखते है। कविता रिश्तों के निशान में पीयूष यह बताने की कोशिश करते हैं कि रिश्ते जो हमें विरासत में मिलते हैं उस तरीके से नहीं होते। हम धीरे-धीरे उसमें कसाव पैदा करते हैं और अपने तरीके से जीते हैं।

रोटी का मान, सबसे छोटी कविता, सफेद बाघ, संतुलन, सीधा कितना सरल होता है, सूखी रोटी, स्त्री, तरक्की, थोड़ा और सोचता हूँ, तुम आती तभी हो जब तुम्हें आना होता है... ये कविताएँ भी अच्छी बन पड़ी हैं।

-प्रेमेन्द्र श्रीवास्तव

वरिष्ठ पत्रकार एवं लेखक

मेरी कलम से

अलग-अलग समय पर जीवन के जो भी रंग देखे महसूस किये उन्हीं सब का संकलन है "रंग महसूस होते हैं"। इस यात्रा में उन तमाम सारे कलाकारों को कोटि-कोटि प्रणाम और धन्यवाद जिन्होंने अपनी-अपनी कला के माध्यम से एक साधारण बात बड़े ही असाधारण तरीके से न सिर्फ़ कही बल्कि मेरे और मेरे जैसे तमाम लोगों को प्रेरित भी किया अपनी बात कहने के लिये। उनकी कला ने मेरे अंदर विचारों का बीज रोपित कर दिया जिसके फलस्वरूप आज इस पुस्तक ने जन्म लिया है।

फिर वो चाहे लेखक, कवि, शायर, उपन्यासकार संगीतज्ञ, रंगकर्मी, नाट्यकर्मी, फ़िल्मकार, चित्रकार या फिर कला के किसी भी विधा के महारथी हों सबने अपनी-अपनी तरह से अपनी कृतियों से प्रेरित किया है। उन सभी को मेरा पुनः प्रणाम और कोटि-कोटि धन्यवाद। ऐसे ही प्रेरित करते रहिए।

पीयूष सिंह

अनुक्रम

कविताएँ

आदमी और उल्लू

रात आधी
छोड़कर बीच में
कुछ अधूरे काम
उजालों की ओर
लालायित होता हुआ
ठहरा आदमी ही तो
वहीं एक उल्लू
रात को सचेत
रात को समेट
आँखों में
दिन में चुपचाप
सो जाता है
उल्लू मगर अवहेलना का
प्रतीक चिह्न
आदमी होशियारी का सबूत
फैसला आपका
आदमी या उल्लू

आम आदमी का इतिहास

मैं आऊँगा, मैं रहूँगा
कुछ से घुलूँगा मिलूँगा
कुछ से कटा-कटा रहूँगा
कुछ अच्छे काम करूँगा
कुछ बुरे काम करूँगा
कुछ को अच्छा लगूँगा
कुछ को बहुत अच्छा लगूँगा
कुछ को बुरा लगूँगा
कुछ को बहुत बुरा लगूँगा

फ़िर एक दिन चला जाऊँगा
कुछ दिन तक लोग चर्चा करेंगे
और कुछ दिन बाद थोड़ी कम चर्चा करेंगे
और कुछ दिन बाद भूल जायेंगे
जैसे मैं कभी था ही नहीं
उम्र भर का हिसाब कुछ दिनों की चर्चा में खत्म हो जायेगा

फिर मेरी बरसी पर
अगले साल मुझे याद करेंगे (शायद)
कुछ फूल माला चढ़ायेंगे, पूजा करेंगे (शायद)
या फिर एक काम की तरह इसे भी निपटा देंगे
और अगले दिन से सब अपने-अपने काम में व्यस्त हो जायेंगे
फिर अगले साल कुछ ऐसा ही करेंगे.....

धीरे-धीरे ये भी खत्म हो जायेगा
नाम भी किसी को याद नहीं रहेगा
और याद भी क्यों हो.....
क्या मैं कोई महात्मा था, कोई बड़ी हस्ती, कोई राजनेता

क्या मैंने कोई बड़ा काम किया, कोई बड़ा परिवर्तन लाया
नहीं ऐसा तो कुछ भी नहीं किया
जो भी किया अपने घर की चाहरदीवारी में किया
अपने घर के लोगों के लिये किया

ये तो सभी करते हैं
सब ऐसा ही करते हैं
आते हैं, रहते हैं
कुछ से घुलते मिलते हैं
कुछ से कटे-कटे रहते हैं
कुछ अच्छे काम करते हैं
कुछ बुरे काम करते हैं
कुछ को अच्छे लगते हैं
कुछ को बहुत अच्छे लगते हैं
कुछ को बुरे लगते हैं
कुछ को बहुत बुरे लगते हैं
फिर एक दिन चले जाते हैं
जैसे कि कभी थे ही नहीं
कुछ ऐसा ही होता है आम आदमी का इतिहास

आँगन का वृक्ष

आँगन का वृक्ष
बाँहें फैलाये
फलदार छायादार
कभी हुआ करता था

मौसमी फल का स्वाद
गर्मियों में छाया
सर्दियों में अलाव के लिये
अपने परिवार के लिये
फलता रहा
कटता रहा
जलता रहा
निःस्वार्थ

बहुत धीरे
मगर अब
पल्लव रहित
नव पल्लव भी नहीं आते
बाँहें भी लगभग सारी
कट चुकी हैं
फल भी नहीं है
कुल मिलाकर
वही आँगन का वृक्ष
अब

फल रहित
छाया रहित
किसी काम का नहीं
हो गया है
आँगन का ठूँठ

परिवार उसको जड़ से कटवा कर
एक नई फुलवारी
बनाने में व्यस्त है

ऐ दिल चीख़ ले

ऐ दिल चीख़ ले तू, इस बंद कमरे में
जहाँ ख़ामोशी पसरी है एक अरसे से
जहाँ अँधेरा है घना एक अरसे से
जहाँ कोई कुछ सुनने वाला नहीं
जहाँ कोई कुछ कहने वाला नहीं
जहाँ ज़र्रे ज़र्रे में लरज़ है तेरी चीख़ों की

चीख़ ले तू चीख़ने की इंतिहा तक
चीख़ ले तू आँसुओं के इब्तिदा तक
चीख़ ले इस तरह के ये आख़िरी चीख़ है
चीख़ ले जैसे ये दवा है पलते हुए ज़ख़्मों की
चीख़ ले हर उस शख़्स पर,
जिसके कत्ल का खयाल कभी ज़ेहन में आया हो

चीख़ ले हर उस घटना पर, जिसे चाहते हुए भी भुला नहीं पाता
चीख़ ले बेगुनाहों के गुनाहों पर
चीख़ ले मरहम के नाम पर मिलने वाले दर्द पर
चीख़ ले भगवान पर उसके बनाये इंसान पर
चीख़ ले अपनों पर, अपने-आप पर
चीख़ ले के बाहर जाकर फ़िर मुस्कुराना है
फ़िर खुश रहना है जैसे कभी कुछ हुआ ही नहीं

जब फ़िर कोई रास्ता न दिखे आगे बढ़ने का
जब फ़िर दर्द से लबालब भर जाये बदन
जब फ़िर हर घटना दुर्घटना लगने लगे
जब फ़िर सब में कोई राक्षस दिखने लगे

तो आ जाना उसी बंद कमरे में
जहाँ ख़ामोशी पसरी है एक अरसे से
जहाँ अँधेरा है घना एक अरसे से
जहाँ कोई कुछ सुनने वाला नहीं
जहाँ कोई कुछ कहने वाला नहीं
जहाँ ज़र्रे-ज़र्रे में लरज़ है तेरी चीख़ों की

और उषा से क्या माँगू

और उषा से क्या माँगू
शीतलता सच्चाई माँगू
या उसकी तरुणाई माँगू
टूटती अँगड़ाई माँगू
हृदय की सफ़ाई माँगू
तिमिर का अंत माँगू
आकाश अनंत माँगू
अरुणोदय का तिलक माँगू
निशा की झुकती पलक माँगू
पंछियों की चहचहाहट माँगू
पुष्पों की मुस्कराहट माँगू
कुसुम पर मकरंद माँगू
असीम उल्लास आनंद माँगू
सरिता का संगीत माँगू
अनिल का कोई गीत माँगू
दिवाकर का दंभ माँगू
जीवन का प्रारंभ माँगू
देवों का वंदन माँगू
सकारात्मक स्पंदन माँगू
इतना कुछ तो दे दिया फिर
और उषा से क्या माँगू

बचपन की हत्या

शिशु का हृदय और
वयस्क का तन
ऐसा होना ठीक बात नहीं है
ये एक लाइलाज बीमारी है
ये एक गंभीर उपहास है
शिशु का किशोर और युवा होते हुए वृद्ध हो जाना
ये सामान्य सामाजिक सत्य है
आयु के साथ गंभीरता में वृद्धि
ये भी एक सामान्य सामाजिक अपेक्षा है
जो इस पर खरा नहीं उतरता
उसे बीमार की सामाजिक संज्ञा से
सम्मानित किया जाता है
उसे बार-बार इस गंभीर उपहास से
गुज़रना पड़ता है
ऐसे में शिशुओं को बचपन से ही
वृद्ध होने की सलाह दी जाती है
बचपन की हत्या बचपने में ही हो जाती है

बहुत बड़ी कविता

बहुत बड़ी कविता अच्छी नहीं होती
ये मेरी व्यक्तिगत राय है
लगता है किसी पुराने फोड़े से
बहुत सारा मवाद बाहर आ रहा हो
दर्द का एक दरिया सा बह रहा हो
अश्रु जैसे ख़त्म होने का नाम ही नहीं लेते
हालाँकि ये बाद में तो आराम देता है (शायद)
पर प्रारम्भ में कुछ समय के लिये
आपको शून्य कर देता है
दर्द से एकदम खाली हो जाना भी ठीक नहीं
दर्द होने से ही आराम का मूल्य होता है
बहुत चिकनी सतह पर
फिसलन का खतरा होता है
बिन काँटों के गुलाब का
उजड़ जाने का खतरा रहता है
एक कवि को यदि उम्र भर
कविता बचाकर रखनी है
तो उसे दर्द भी बचाकर रखना होगा
इसलिये उसे छोटी कविताएँ लिखनी होंगी

भूली हुई सी कुछ स्मृतियों को

भूली हुई सी कुछ स्मृतियों को
मैं स्वप्नों के चक्षु द्वार से
मन के भीतर फिर आने की
सांकेतिक अनुमति देता हूँ

हृदय पुनः शिशु होना चाहे
बन पतंग फिर उड़ना चाहे
या फिर पक्षी खुले गगन का
खुले गगन से दुनिया देखे
ऐसे कितने अगणित मोती
कितने अगणित चंचल कोमल
स्वप्नों को फिर गति देता हूँ

भूली हुई सी कुछ स्मृतियों को
मैं स्वप्नों के चक्षु द्वार से
मन के भीतर फिर आने की
सांकेतिक अनुमति देता हूँ

जीवन में एक था वह भी रंग
जब नीर देह का बहे लहू संग
पत्थर को पिघला पानी करना
जितनी ऊर्जा जितनी स्फूर्ति
उतना ही यश उतनी ही कीर्ति
संघर्ष भरे उन सुदिवसों की
तुमको मैं एक प्रति देता हूँ

भूली हुई सी कुछ स्मृतियों को
मैं स्वप्नों के चक्षु द्वार से
मन के भीतर फिर आने की
सांकेतिक अनुमति देता हूँ

कंपित ओष्ठ मगर न फूटा
प्रेम का स्वर अंतर में टूटा
तुमने किन्तु सब कैसे जाना
मन ही मन मुझे अपना माना
सर्वस्व समर्पण से नहीं मैं विचलित
प्रियवर तुम ही हो जीवन कविता
तुम्हें ये अनुपम कृति देता हूँ

भूली हुई सी कुछ स्मृतियों को
मैं स्वप्नों के चक्षु द्वार से
मन के भीतर फिर आने की
सांकेतिक अनुमति देता हूँ

प्रिये वही फिर मौन प्रश्नोत्तर हो
आभासों का फिर वही स्तर हो
जैसा था उस प्रथम दिवस को
प्रियवर वो सब फिर जीने को
आ जाओ तुम एक बार फिर
नयनों की मौन वार्ता हेतु
पुनः मौन स्वीकृति देता हूँ

भूली हुई सी कुछ स्मृतियों को
मैं स्वप्नों के चक्षु द्वार से
मन के भीतर फिर आने की
सांकेतिक अनुमति देता हूँ

भाग्य बड़ा ही प्रबल है मेरा
लक्ष्मी से घर भरा है मेरा
धन, धान्य, ऐश्वर्य और वैभव
रूपक हैं ये नयन तारों का
क्षणभंगुर हैं ये रत्न सब मेरे
स्नेहाशीष स्वरूप इन सबको
मैं खूब-खूब उन्नति देता हूँ

भूली हुई सी कुछ स्मृतियों को
मैं स्वप्नों के चक्षु द्वार से
मन के भीतर फिर आने की
सांकेतिक अनुमति देता हूँ

अंतिम क्षण मैं देख रहा हूँ
जब ये सब मैं सोच रहा हूँ
क्या खोया क्या पाया मैंने
सब हिसाब मैं जोड़ रहा हूँ
आओ मेरे प्रियजन आओ

अपनी स्मृतियों के कोष से चुनकर
सबको उत्कृष्ट कोई स्मृति देता हूँ

भूली हुई सी कुछ स्मृतियों को
मैं स्वप्नों के चक्षु द्वार से
मन के भीतर फिर आने की
सांकेतिक अनुमति देता हूँ

भ्रम होती है

जीवित कविता क्या होती है
भ्रम होती है
पागल की बड़बड़ाहट
विचारों की सुगबुगाहट
बधिरों की खुसफुसाहट
निर्बल का पराक्रम होती है
जीवित कविता क्या होती है
भ्रम होती है

सच्ची कविता क्या होती है
भ्रम होती है
रोटी की मिठास
सफलता का आभास
पारितोषिक कोई खास
किसी का पसीना, श्रम होती ही
सच्ची कविता क्या होती है
भ्रम होती है

पावन कविता क्या होती है
भ्रम होती है
देवों की आरती
शिशु को माँ पुचकारती
कृष्ण को मीरा निहारती

विद्वान गुणियों का आश्रम होती है
पावन कविता क्या होती है
भ्रम होती है

अच्छी कविता क्या होती है
भ्रम होती है
कभी प्रशंसा होना
कभी निंदा होना
कभी तीखी समीक्षा होना
इन्हीं सबका यादृच्छिक क्रम होती है
अच्छी कविता क्या होती है
भ्रम होती है

बिंब और प्रतिबिंब

बिंब और प्रतिबिंब का सारा खेल
तमस और प्रकाश का खेल है
प्रकाश का दिशा कोण तय करता है
प्रतिबिंब का आकार, प्रकार
गौर से देखिए मगर प्रतिबिंब को
सूर्य के ढेर सारे प्रकाश के नीचे
पृथवी पर एक काली आकृति
एक रूपरेखा के साथ
और कुछ नहीं बस तमस है
हमारा प्रतिबिंब प्रदर्शित करता
हम सबके भीतर का कालापन
न कोई रूप न कोई पहचान
हम सबके भीतर की
कभी न मिटने वाली काली सच्चाई
हमारा काला प्रतिबिंब

चमड़े का व्यापार

चमड़े का व्यापार
गुप्त तरीके से सबकी देख-रेख में
बंद अँधेरी गलियों के घुटन भरे कमरों में
खुलेआम चलता है
इन्हीं कमरों में पड़े हैं बिस्तर से चिपके
माँस के लोथड़े
जिनमें साँसें घबराई हुई सी चलती हैं

हर प्रकार का चमड़ा है इस बाजार में
देशी-विदेशी, गोरा, काला, मोटा, पतला
सस्ते से सस्ता और महँगे से महँगा चमड़ा
बंद अँधेरी गलियों के घुटन भरे कमरों में सड़ता हुआ चमड़ा

और एक ओर चमड़े के व्यापारी हैं
महँगी गाड़ियों में चलने वाले
महँगे घरों में रहने वाले
शरीफ़, इज्जतदार
चमड़े के व्यापारी

एक ओर चमड़े के ग्राहक हैं
दुनिया के हर कोने में फैले हुए
छोटे बड़े, अमीर गरीब
शरीफ़ इज्जतदार, चोर बदमाश
हर तबके के चमड़े के ग्राहक

और एक तीसरे छोर पर हैं बिचौलिये
जो चमड़े का सौदा करते हैं, बोली लगाते हैं
चमड़े का स्थानांतरण हस्तांतरण करते हैं

इस तरह पूरा होता है
एक त्रिकोणीय समीकरण
जिसमें बस चमड़ा ही चर है
कुछ नहीं बदलता इस समीकरण में
शरीफ़, शरीफ़ बने रहते हैं
इज्जतदार, इज्जतदार बने रहते हैं
अमीर, अमीर रहते हैं
गरीब, गरीब रहते हैं
चोर, चोर रहते हैं
बदमाश, बदमाश रहते हैं
चमड़ा सड़ जाता है,
खराब हो जाता है तो फेंक दिया जाता है
अगर कुछ बदलता है तो बस चमड़ा बदलता है

चाँद और सूरज

चलो चंद्रमा और सूरज मिला दें
सौन्दर्य और शक्ति की दूरी मिटा दें
कभी सूरज की पहल कभी चाँद आगे आये
गले मिल दोनों सब शिकवे मिटायें
जो सुंदर है उसी को शक्ति मिले
उसी शक्ति से सब जग सुंदर बने
सूरज से दिन क्यों चंदा से ही रात हो
ये सब बदलें एक नयी शुरूआत हो
हो दिन में अँधेरा कभी रात में उजाला हो
चँद्रमा के आगे सूर्य कभी काला हो
हो सूर्य पर दाग चंद्रमा तेज बरसाये
सूर्योदय होते ही दिन ढल जाये
चंद्रमा हो गर्मी सूर्य शीतलता का पर्याय हो
दोनों के जीवन का ये नया अध्याय हो

चिंगारी

या तो चीख़ने दो,
या फ़िर मेरी आवाज़ का गला घोंट दो
या तो लिखने दो,
या फ़िर मेरी कलम का सिर फोड़ दो
ज़िन्दगी दो अगर तो जीने का हक भी दो
नहीं तो रौंद दो कीड़े-मकोड़े की तरह
मल दो स्याह उन साफ-सुथरे अक्षरों पर
जिससे कि उन्हें समझना असंभव हो जाये
मल दो स्याह उन भोले-भाले चेहरों पर
जिससे कि उन्हें पहचानना असंभव हो जाये
क्योंकि इससे ज़्यादा तुम कुछ नहीं कर सकते
तुम सिर्फ़ बुझा सकते हो जलते दीयों को
तुम उन्हें फ़िर जलने से रोक नहीं सकते
तुम नहीं रोक सकते रोशनी को अँधेरा चीरने से
तुम नहीं रोक सकते चीख़ को सन्नाटा चीरने से
जाओ अपनी फौज तैयार कर लो
बहुत बड़ी लड़ाई लड़नी है तुम्हें
इन रोशनियों से, इन चीख़ों से
इन्हीं जलते दीयों का सैलाब एक दिन
तुम्हारी दुनिया जला देगा
और तुम उसे बुझा न पाओगे

दर्द और इंसान

मैं भूल जाना चाहता हूँ
उम्र की उस थकान को
जो हर पल मुझे
रुक कर थोड़ा आराम करने को कहती है

मैं भूल जाना चाहता हूँ
रिसते लहू के रंग को
जो हर पल मुझे
हार मान लेने को विवश करता है

मैं भूल जाना चाहता हूँ
काँटों की चुभन को
जो हर पल मुझे
बताती है कि ये दर्द स्थायी है

मैं भूल जाना चाहता हूँ
पाँव के उन छालों को
जो हर पल मुझे
सफ़र में रुक जाने का आदेश देते हैं

मैं भूल जाना चाहता हूँ
अपनी नम आँखों को
जो हर पल मुझे
कमज़ोर बहुत कमज़ोर करती हैं

मैं भूल जाना चाहता हूँ
चोट के उन आंशिक पर नियमित संकेतों को
जो हर पल मुझे
सचेत करते हैं किसी बड़े ख़तरे के बारे में

मैं पीड़ा के हर भाव, हर प्रकार, हर दौर को
भूल जाना चाहता हूँ
आखिर साबित क्या करना चाहता हूँ मैं
इंसान हूँ मैं और इंसान ही बने रहना मुनासिब है
एक साधारण इंसान
जिसे दर्द होता है, बहुत दर्द होता है
उम्र की थकान से,
रिसते लहू के रंग से,
काँटों की चुभन से
पाँवों के छालों से,
अपनी नम आँखों से,
नियमित चोटों से

दर्द तो सब को होता है
दर्द सब का होता है
ये प्राकृतिक है स्वभाविक है
कोई जाहिर करता है
कोई बर्दाश्त करता है
जो जाहिर करता है वो कमज़ोर है

या फिर जो बर्दाश्त करता है वो वीर
इंसान प्रयत्न करता है
नाटक करने का
वीर होने का नाटक
दर्द बर्दाश्त करने का नाटक
दर्द सृष्टि का सृजन है
दर्द से ही अंत है
इसलिये चलो दर्द को अपनाते हैं
मानव कहलाते हैं

दर्द

दर्द जब बचपन से पढ़ाया जाये
दर्द जब संस्कारों में सिखाया जाये
दर्द जब हमारे साथ ही पल रहा हो
दर्द से जब सबका घर जल रहा हो
दर्द जब धमनियों में रक्त के साथ रक्त के समान बहने लगे
दर्द जब ज़्यादा और ज़्यादा दर्द देने लगे
दर्द जब ज़्यादा और ज़्यादा दर्द सहने लगे
दर्द जब आँखों के नीर में घुलकर बहने लगे
दर्द जब परिवार में सबके साथ रहने लगे
दर्द जब दैनिक दिनचर्या का हिस्सा हो जाये
दर्द जब दिन का सबसे घृणित किस्सा हो जाये
दर्द जब अनलिखे साहित्य के समान हो जाये
दर्द जब किसी शाश्वत सत्य के समान हो जाये
जब सारी शक्तियाँ -
(दैवीय, मानवीय, वैज्ञानिक, आध्यात्मिक, आस्थाई)
अपने-अपने प्रयासों में विफ़ल होने लगे

तब,
किसी दिन कहीं से अकस्मात ही कोई आता है
यूँ तो अत्यंत ही साधारण पर उतना ही असाधारण
कुछ अलग ही चमक - हिम्मत की चमक
उसे नामंज़ूर है युगों का ये दर्द का दस्तूर
उन्हीं निरीह, निर्बल, भयभीत, कमज़ोर लोगों को तैयार करता है
एक और एक ग्यारह करता है, फिर एक सौ ग्यारह और इसी तरह
वही भय, लाचारी, निर्बलता अचानक ही उनकी शक्ति हो जाती है
और यही शक्ति दर्द का भयावह अंत कर देती है
इतना भयावह की दर्द भी काँप उठता है
दर्द कितना भी विकराल हो जाये

दर्द सदा के लिये स्थाई नहीं हो सकता
दर्द शाश्वत सत्य नहीं हो सकता
दर्द जब नज़रअंदाज़ की सीमा से बाहर हो जाता है
तब दर्द को हिम्मत के आगे हारना ही पड़ता है

धरती की पीड़ा और प्रतिशोध

एक एकल सी धरा
अनमनी सी बुदबुदा रही है
कष्ट अपना कहने को है
पर नहीं कह पा रही है
जीव-जन्तु नदी पोखर
सागर वन पर्वत शिखर
सब तो उसके अपने हैं
माँ है ये वसुंधरा
अब और न सह पा रही है
इन सभी में श्रेष्ठतम जो उसकी संतान है
वही मूल है पीड़ा का और उसी से निदान है
जीव मारे, जन्तु काटे नदी पोखर कलुषित किये
वनों को न छोड़ा सागर पर्वत सब दूषित किये
निज के हितार्थ मनुज, मनुजता खोता रहा
कर संहार स्वयं भू का स्वयंभू होता रहा
विलक्षण बुद्धि मिली थी पर उपकार को
किन्तु वो प्रयुक्त हुई पर संहार को
माँ देख कष्ट संतानों का संयम अब खोने को है
विकराल रूप वसुंधरा का बस अब होने को है
सीमित असीमितताओं के साथ धरा ये आयेगी
मनुजता को उसका उचित सबक सिखायेगी
चूर-चूर होगा मानवता का आडम्बर औ' झूठा दम्भ
मानव होगा शून्य फिर से करना होगा प्रारम्भ

धरती मरती नहीं

इस घर में जो रहते हैं
बूढ़े हो रहे हैं,
एक दिन मर जायेंगे
ये घर भी बूढ़ा हो रहा है,
पीढ़ी दर पीढ़ी,
इसमें रहने वाले लोग
बदलते रहेंगे और फिर
एक दिन ये भी गिर जायेगा
मर जायेगा

अगर कुछ स्थायी है
तो वो है ये धरती
अजर-अमर ये धरती
अपनी कोख में दबाये
मानवता का इतिहास
सभ्यता का राज़
प्रकृति का खज़ाना

ये धरती
बुनियादों की बुनियाद है
केवल देना जानती है
मानवता के हितार्थ
और हम सिर्फ़ लेना जानते हैं

इसलिये धरती खोदते रहते हैं
इन्हीं सब में स्वाभाविक है
धरती कभी क्रोधित हो जाये
और जब कभी ऐसा होता है
तो धरती सब लील जाती है

हाँ! धरती चोटिल रोज़ होती है
पर धरती मरती नहीं

धीमा होना अच्छा है

सदा भागना दौड़ना अच्छा है
जीवन की गति पकड़ना अच्छा है
अपने सपनों को छूना अच्छा है
ऊँचा उड़ना अच्छा है
उड़ते रहना अच्छा है
ये सब अच्छा है, बहुत अच्छा लेकिन !
जीवन की आपाधापी में,
कभी रुकना, कभी ठहरना
कभी धीमा होना अच्छा है

तेज़ होने के खिलाफ़ नहीं हूँ
हमेशा तेज़ होने के खिलाफ़ हूँ
कहीं पहुँच जाने की होड़
सफ़र का स्वाद भुला देती है
असली गंतव्य को धूमिल करती रफ़्तार
मंज़िल पाना अच्छा है किन्तु
सफ़र के असली स्वाद के लिये
कभी रुकना, कभी ठहरना
कभी धीमा होना अच्छा है

लक्ष्य की तलाश में
स्वयं की तलाश कहीं खो जाती है
ऐसे में आवश्यक हो जाता है
थोड़ी फ़ुरसत निकालकर

स्वयं से साक्षात्कार करते रहना
स्वयं की पुकार सुनते रहना
सबके लिये जीना अच्छा है किन्तु
स्वयं से मुलाकात के लिये
कभी रुकना, कभी ठहरना
कभी धीमा होना अच्छा है

धूप आने दो

आने दो थोड़ी धूप आने दो
धूप के प्यासे
हम हैं ज़रा से

थोड़ा सा सूरज घर आने दो
आने दो थोड़ी धूप आने दो

बंद अँधेरे कमरों का ये किस्सा है सारा
सूख गया है यहाँ का सूरज सारा का सारा
सूखे सूरज की फिर कोशिश
नया झरोखा बनाने दो
आने दो थोड़ी धूप आने दो

धूप के प्यासे
हम हैं ज़रा से

थोड़ा सा सूरज घर आने दो
आने दो थोड़ी धूप आने दो

खंजर लेकर खड़े हैं जो वो दोस्त हैं सारे
दुश्मन जितने थे वे सबके सब हारे
बहुत भरोसा करके देखा
थोड़ा अब धोखा खाने दो
आने दो थोड़ी धूप आने दो

धूप के प्यासे
हम हैं ज़रा से
थोड़ा सा सूरज घर आने दो
आने दो थोड़ी धूप आने दो

खेल ये कितना लम्बा चलेगा किसको है मालूम
खेल की चक्की में पिसते जो वो सब हैं मासूम
नहीं चाहिए जीत खेल में
इनको तुम हार जाने दो
आने दो थोड़ी धूप आने दो

धूप के प्यासे
हम हैं ज़रा से

थोड़ा सा सूरज घर आने दो
आने दो थोड़ी धूप आने दो

ध्यान और धर्म

अशुद्धियाँ घेर कर
अंतर्मन के प्रकाश को
परिवर्तित करती हैं
घोर तिमिर में
फिर बेचैन हो उठता मन
नेपथ्य में छिपे प्रकाश
की पुनः तलाश में
ध्यान करता है
उन सुदिनों की
जब अपनी सीमा से अधिक
प्रकाश वितरित करता हुआ
पर उपकार को
कितना प्रसन्न हुआ करता था
ध्यान करता है
अपना धर्म
मानवता
अंतिम सोपान पर
जब तिमिर हावी हो जाता है प्रकाश पर

दोहे

अपना अपना सब करें सब हैं उसके जाये
सब यहीं रह जायेगा क्या था जो तुम लाए

अपनी मर्ज़ी कुछ नहीं जो है उसकी मर्ज़ी
अपने करम तू करता जा लग जाये तेरी अर्ज़ी

माथा घिस-घिस क्या हुआ हुआ क्या माला फेर
जो मानुष बस करम करे फल मिले देर सवेर

राह चलत जो पैर छिले मत छालन को देख
प्रभु नाम को सुमिरत जा बस आगे-आगे देख

अँधियर-अँधियर सब दिखे हो दिन चाहे रात
साँच झूठ में फरक नहीं अब मानें किसकी बात

राम नाम तो सब जपें राम न समझे कोय
हिरदय निर्मल आप करें तो राम के दरसन होय

सब पे किरपा आप की आप ही पालनहार
वो भी नइया तीर करो जो फँसी बीच मझधार

सब कुछ करके देख लिया तीरथ संत फ़कीर
अपनी पीड़ा बस दिखी, दिखी न गैर की पीर

प्रेम से बढ़कर कुछ नहीं प्रेम है तीरथ धाम
रिपु से प्रेम दिखाइये ये है प्रभु का काम

बातन के हैं बहुत बड़े ओछे जिनके काम
फीके हैं पकवान सब ऊँचा उनका दाम

सबका मालिक एक है बात ये सच्ची जान
देखन में तो पृथक लगे पर सबका सच्चा ज्ञान

दुखदाई है

अब तक झूठ बोलता रहा सबसे अब सच बोल दूँ क्या
रहने दो, सच बोलना और सच सुनना दोनों बड़ा दुखदाई है

उम्मीद रखना और उसके सपने देखना अच्छा लगता है
किसी का उम्मीद तोड़ देना और उसे टूटते देखना बड़ा दुखदाई है

हाथ पकड़कर साथ दूर तक चलना अच्छा लगता है
इतनी दूर साथ आकर अचानक हाथ छोड़ देना बड़ा दुखदाई है

सच की तकलीफ़ों से दूर मीठे सपनों में जीना अच्छा लगता है
फिर नींद से जगा देना और सपनों का टूट जाना बड़ा दुखदाई है

अनायास ही किसी से पहली नज़र में प्यार हो जाना अच्छा लगता है
बीच में ऊँच-नीच, अमीर-गरीब, छोटे-बड़े का आना बड़ा दुखदाई है

बहुत अँधेरे में एक दीपक जला देना अच्छा लगता है
पर अचानक उसका तेल ख़त्म हो जाना बड़ा दुखदाई है

मेरे रोशनदान से सुबह सुबह पंछियों का कलरव अच्छा लगता है
लेकिन शाम से वही चाहरदीवारी वही सन्नाटा बड़ा दुखदाई है

एक अकेला

एक अकेला बंदर
मनुष्यों के समूह में
बंदर ही रहता है
मनुष्य नहीं हो जाता
खेल तमाशा दिखाने वाला बंदर
मदारी के इशारों पर
गुलाटी खाने वाला बंदर
मनुष्यों का मनोरंजन करने वाला बंदर

बंदर भी सोचता होगा
ये मनुष्य भी क्या चीज़ है
मेरे अंदर छिपे मनुष्य को
और
अपने अंदर छिपे बंदर को
पहचान नहीं पाता

ये मनुष्य
नकल कर-करके परेशान है
गुलाटियाँ मार-मार के परेशान है
स्वयं का तमाशा बना कर
स्वयं ही तमाशगीर है
छीना झपटी, लूट खसोट
ये सब इसकी हरकतें हैं
फिर भी इसकी नज़रों में बंदर हम हैं

एक अकेला बंदर
मनुष्यों के समूह में
ये देख मुस्कुराता होगा
तमाशा भी बंदर
तमाशा देखने वाले भी बंदर
तमाशा दिखाने वाला भी बंदर

एक स्वर में

एक-एक आवाज़ को
बारीकी से परखकर
इकट्ठाकर अपने पास रख लो
कोई बात नहीं अगर आवाज़ बहुत निर्बल है
कोई बात नहीं अगर आवाज़ मौन है
आवश्यक इतना है कि
आवाज़ों का स्वर एक होना चाहिए
आवाज़ों की दिशा एक होनी चाहिए
आवाज़ों की जरूरतें एक होनी चाहिए
विरोध का स्वर ऊँचा होना चाहिए
एकत्रित होना चाहिए
बहुत ऊँचा सुनता हो जो उसके लिये
आवाज़ का स्वर बहुत ऊँचा होना चाहिए
जिसने बहरा होने का प्रण लिया हो
उसकी दोनों आँखें भी फोड़ दो
ऊँची आवाज़ों की नोक से
उसकी जीभ भी काट दो
ऊँची आवाज़ों की धार से
एकत्रित आवाज़ों के आगे
बहरा होना स्वीकार नहीं होगा
उसे सुनना होगा, जवाब देना होगा
चाहे फिर वो साक्षात ईश्वर ही क्यों न हो

फिर इस दिल को

फिर इस दिल को आवाज़ कोई देता है
फिर ये दिल कोई उम्मीद ढूँढ़ लेता है
हार मान लेना इस दिल की फितरत नहीं
ज़िंदगी जीने का कोई बहाना ढूँढ़ लेता है
क्या करें उसका जिसकी फ़ितरत बेरुखी हो
कौन अपनों में पराये हैं ढूँढ़ लेता है
कोई अपना नहीं है तो क्या जीना छोड़ दें
अजनबियों में भी कोई अपना ढूँढ़ लेता है
साँसें खरीदी जा सकतीं तो खरीद लेता
तुम में ही साँसों का बहाना ढूँढ़ लेता है
खुशियाँ नहीं सही फिर भी आरज़ू ज़िंदा है
फिर खुश रहने की कोई वजह ढूँढ़ लेता है
टूटता है जुड़ता है और फिर टूट जाता है
बार-बार जुड़ने की कोई वजह ढूँढ़ लेता है

फिर से तू मेरे घर आती है

उमर की परतें चेहरे पर साफ़ नज़र आती है
पुरानी तस्वीरों में वो बात साफ़ नज़र आती है
खोलता हूँ जब पुराने बक्से को वही महक मिल जाती है
लगता है फिर से तू मेरे घर आती है

खुले आसमाँ में बेपरवाह उड़ती पतंगों सा है ये इश्क़
किसी गुलशन में बहारों का मौसम सा है ये इश्क़
तेरी एक झलक से लगता है ज़िन्दगी मिल जाती है
लगता है फिर से तू मेरे घर आती है

रातभर जागकर चाँद में तेरी सूरत देखी है खिड़की से
सुबह खाली सड़क पर तेरी राह देखी है खिड़की से
पुराने ख़तों में लगता है तेरी कुछ ख़बर मिल जाती है
लगता है फिर से तू मेरे घर आती है

रोज़ रात को ख़्वाब अधूरा उसी जगह रुक जाता है
जब वो पगला उस पगली के पीछे-पीछे जाता है
ख़्वाबों में उस लड़के को जब वो लड़की मिल जाती है
लगता है फिर से तू मेरे घर आती है

ज़ेहन में तेरी याद का हर एक मंज़र तरतीब से रखा है
तेरे कमरे में सब आज भी वैसे ही तरतीब से रखा है
रोज़ छूकर उन्हें तेरे अहसास की ख़ुशी मिल जाती है
लगता है फिर से तू मेरे घर आती है

तू आस-पास है इन फ़िज़ाओं में ये ऐतबार है मुझे
हम फिर मिलेंगे कभी न कभी ये ऐतबार है मुझे
झरोखे से आती हवा से एक ठंडक सी मिल जाती है
लगता है फिर से तू मेरे घर आती है

घोड़ा और पिता

घोड़े और पिता एक से ही होते हैं
हमेशा भागने दौड़ने वाले
अमूमन कभी न बैठने वाले
शक्तिशाली बलशाली
कभी न थकने वाले पिता और घोड़े

नाथ दिये जाते हैं परिवार के ताँगे से
और खींचते हैं पूरे परिवार की सवारी
यूँ तो चहुँओर देख सकते हैं किंतु
आँखों के दोनों तरफ लगी होती है एक पट्टी
जिससे उन्हें सिर्फ़ गंतव्य दिखता है
परिवार का गंतव्य, परिवार का लक्ष्य
स्वयं के लिये देखने की न इजाज़त है न फुरसत
अपनी क्षमतानुसार अपने परिवार
का तांगा पूरी शिद्दत से खींचता है पिता
पैरों में तजुर्बे की नाल
वक्त की कील से ठुकवाकर
दौड़ता रहता है पिता
लेकिन बूढ़ा होने पर
उसे देखभाल, संवेदना, प्रेम के स्थान पर
बाँध दिया जाता है अस्तबल में
या फिर खुला छोड़ दिया जाता है
अपने हाल पर, मरते दम तक

हाशिये पर टंगे रिश्ते

एक समय की बात है
दो भाई थे, एक पिता था, एक माँ थी
और इस तरह पूरा घर था
हाशिये के एक तरफ
तब सिर्फ़ पिता कमाता था
और पूरा घर खाता था
थोड़ी तंगी थी लेकिन खुशहाली थी
चादर छोटी थी
लेकिन सबको ढकने के लिये पर्याप्त थी
धीरे-धीरे दोनों भाई बड़े हो जाते हैं
दोनों कमाने लगते हैं
दोनों के अपने घर हो जाते हैं
घरों में कुछ लोग और जुड़ते हैं
तंगी अपने साथ खुशहाली भी ले जाती है
चादर बड़ी हो जाती है पर फिर भी छोटी पड़ती है
माता-पिता बूढ़े हो जाते हैं
पता ही नहीं चलता
कब कुछ लोग
हाशिये के उस तरफ चले जाते हैं
अब हाशिये के दोनों तरफ लोग रहते हैं
सिर्फ़ लोग रहते हैं
पुराने रिश्तों को हाशिये पर टाँगकर
नये रिश्तों में लिपटे सिर्फ़ लोग रहते हैं
दुख की बात ये है कि
माँ बाप जीवित हैं रखवाली करने के लिये
हाशिये पर टंगे पुराने रिश्तों की

हमारे हैं

ये आसमाँ, चाँद, सितारे और सूरज हमारे हैं,
ये ज़मीं, समंदर, नदियाँ और बाग़ीचे तुम्हारे हैं,
फ़र्क मिटा दो सरहद का तो सब हमारे हैं, सब तुम्हारे हैं

वजूद मिट जाता है बड़े-बड़ों का अकेले चलने में,
लोग समझते ही नहीं सब एक-दूसरे के सहारे हैं

रोशनी किसी एक की जागीर नहीं, भूल जाते हैं,
सूरज सबका है और सबके चाँद तारे हैं

हर रास्ते की अपनी एक मंज़िल होती है,
रास्तों का चुनाव तक़दीर नहीं, फैसले हमारे हैं

तूफानों से लड़ रही है मेरी कश्ती बीच दरिया में,
पतवार है हिम्मत की और उम्मीद है, किनारे हैं

इक माँ की गोद है और बाप का काँधा है रोने को,
ख़ुदा ने जन्नत से ज़मीं पर फ़रिश्ते उतारे हैं

इमारत

एक और इमारत
आज बनकर तैयार हो गयी
बहुत से लोग घरों के मालिक हो गये
और कुछ लोग फ़िर बेघर हो गये
इमारत के चारों ओर और
सड़क के बीचो-बीच डिवाइडर पर
कुछ घर थे जिनका कोई पता न था
किसी को मतलब भी नहीं था उनसे
बस कुछ दिनों का ही अस्तित्व था
उस इमारत के बनने तक
पुरानी बेतरतीब सी रखी ईंटों पर
टीन की चद्दरों से,
किसी रैली के बैनरों से,
या फिर पुरानी होर्डिंगों से
जो भी मिला उससे एक छत बना ली
और रहने लगे
एक घर बन गया
धूप, घाम, हवा, पानी, पत्थर सह सकेंगी या नहीं
इसका पता नहीं
इनके घरों सा ही है इनका भविष्य
बेतरतीब, फटा और अस्थिर
जितना समय इमारत बनने में
उतने समय का भविष्य
और फिर आज
इमारत के बनने का दिन
कई लोगों को हटाया गया
लोग-
जिसमें पुरुष भी थे

महिलाएँ भी थीं
बच्चे भी थे
कुछ अकेले थे
कुछ सपरिवार
ये सब लोग लेकर चल दिये
अपने साथ
अपनी अपनी क्षमता अनुसार
कुछ गठरियाँ,
टीन के चद्दर,
रैलियों के बैनर,
पुरानी होर्डिंग
फिर कहीं एक नए भविष्य की तलाश में
फिर कहीं एक नयी इमारत के निर्माण में

इंसान का बाज़ार

यहाँ चारों तरफ माहौल में शोक है
गंभीर रहिये यहाँ हँसने पर रोक है
कोई मर गया है लगी किसी की टोक है
एक कुर्सी है जिसकी ये सारी नोक-झोंक है
बैठ तो जाएँ पर हर कुर्सी में नोक है
सब जग घूम के ये कहता ताल ठोक है
चलो बाहर चलें यहाँ बड़ी रोक-टोक है
सुख की मारामारी इस लोक है उस लोक है
थोड़ा डराओ ज़्यादा डरता है, ये कितना डरपोक है
कितना चाहिए इंसान फुटकर नहीं, बिकता यहाँ थोक है

ईश्वर के लोग

प्रश्न बेहद सीधा है सरल है
कौन हैं ईश्वर के लोग
हम सब हैं ईश्वर के लोग
या फिर वे हैं ईश्वर के लोग जो दावा करते हैं
ईश्वर के सबसे पास होने का
या फिर उपरोक्त ईश्वर के लोगों द्वारा,
चुने हुए कुछ खास लोग हैं ईश्वर के लोग
हम जिन्हें अपना नहीं मान पाते
अपनों में नहीं मान पाते
तिरस्कार में सम्मान देने के लिये
संवेदनाओं की हत्या कर संवेदनशील होने के लिये
उन्हें ईश्वर का मान लेते हैं
उन्हें क्यों नहीं
मनुष्य और सिर्फ़ मनुष्य माना जा सकता
क्यों आवश्यकता है एक अलग संज्ञा की -
"ईश्वर के लोग"
प्रश्न ये बेहद सीधा है सरल है

जातिवाचक संज्ञा

रामू काका
एक वृद्ध सा अधेड़ उम्र का आदमी
जो आपके घर में
आपसे अधिक काम करता है
आपके लोगों को, उनकी जरूरतों को
आपसे अधिक जानता है
आज उसको सहसा सड़क पर देखा
एक बहुत ही खूँखार लेकिन पालतू कुत्ते के साथ
देखा जाये तो पालतू ये दोनों हैं
दोनों मालिक के दिये टुकड़ों पर पलते हैं
बस फर्क इतना है
कुत्ते के लिये टुकड़े किसी महँगी दुकान से आते हैं
वहीं रामू काका
रात का बचा सुबह, सुबह का बचा रात को खाता है
रामू काका सोचता नहीं बस काम करता है
पर उसका स्वयं का अस्तित्व क्या है
एक जातिवाचक संज्ञा से अधिक कुछ नहीं
प्रायः हर घर में पाई जाने वाली
एक जातिवाचक संज्ञा

उसका एक परिवार है,
बहुत दूर किसी उजड़े से गाँव में
उसका एक घर है
पालतू कुत्ते के घर से भी गया गुज़रा
उसके दो लड़के हैं
दोनों होटल में काम करते हैं
दोनों वहाँ छोटू हैं
छोटू, फिर से एक जातिवाचक संज्ञा

पूरा परिवार जातिवाचक संज्ञा के चक्कर में फँसा है
राम कुमार - रामू काका
संजय कुमार - छोटू नम्बर एक
धनंजय कुमार - छोटू नंबर दो
ये हैं इनके असली नाम, असली पहचान
जो किसी को नहीं मालूम
न किसी को पड़ी है जानने की
न किसी ने चेष्टा की
मुझे भी नहीं मालूम थे

किसी अखबार के सबसे पिछले पन्ने के
इश्तेहार में एक फोटो छपी थी
पहचान के लिये -
"तीन लोगों की सड़क दुर्घटना में मौत
पहचान वाले दिये गये नंबर पर सम्पर्क करें"
शायद रामू काका,
अपने दोनों छोटू से मिलने गये होंगे
बड़े दिनों बाद और फिर इश्तेहार में छपे मिले
कौन हैं ये लोग
ये जातिवाचक संज्ञाएँ
जनगणना में केवल एक संख्या
या शायद वो भी नहीं!

जब रोशनी बँट रही थी

जब रोशनी बँट रही थी,
मुझे नहीं मिली
शायद जिन्हें मिली उन्हें ज़्यादा ज़रूरत थी
या फ़िर शायद,
उनका अँधेरा मेरे अँधेरे से ज़्यादा काला था
या फ़िर शायद,
मैं दोनों आँखों से पूरी तरह अंधा था
ख़ैर, जो भी हो,
रोशनी तो एक बुनियादी हक़ है
जैसे साँस लेना, खाना, पीना वगैरह
तो फ़िर इससे क्या फ़र्क पड़ता है
के मैं कैसा था, क्या था
जब रोशनी बँट रही थी तो
सभी की तरह मुझे भी मिलनी चाहिए थी

दया खाकर देते हैं रोशनी
किसी भीख या ख़ैरात की तरह
जैसे मानना ही न चाहते हो इसे बुनियादी हक़
वो जो रोशन हैं शुरूआत से
जिन्हें लगता है रोशनी उनकी पुश्तैनी जागीर है
जिन्हें गलतफहमी है के वो इतने काबिल हैं
के रोशनी बाँट सकते हैं

देखिए,
न तो मुझे रोशनी की कम ज़रूरत है
न तो मेरा अँधेरा कम काला है
और न ही मैं अंधा हूँ
तो रोशनी तो मुझे पूरी चाहिए सब के बराबर
और वो भी दया से नहीं, पूरे हक़ से
इसके लिये चाहे कितना भी
तपना पड़े, गलना पड़े, जलना पड़े
मंज़ूर है, हाँ! मंज़ूर है

अब मुझे रोशनी कमानी है
अपनी मेहनत के पसीने से
और अगर कोई न दे,
मेरी मेहनत की कमाई
तो फ़िर
मुझे रोशनी छीननी है
अपने हिस्से की

जड़ की तलाश

मैं एक विशालकाय वृक्ष का
गगनचुम्बी पत्ता हूँ
जिसमें उसकी जड़ों का असर तो है
लेकिन अपनी जड़ों को देख पाने की,
जान पाने की क्षमता नहीं है
मैं विशालकाय वृक्ष से अलग हो जाना चाहता हूँ
पीला होकर गिर जाना चाहता हूँ
अपनी जड़ों के पास
सड़कर मिल जाना चाहता हूँ मिट्टी में
और देखना चाहता हूँ अपनी जड़ों का
धरती के भीतर का विस्तार
शायद मौत ही एकमात्र विकल्प है
अपनी जड़ों के पास पहुँचने
अपनी जड़ों से मिलने का
अपनी जड़ों में मिलने का

जीवन में विकल्प होते हैं क्या

सूरज सिर के ठीक ऊपर
घने कोहरे सी धूप बरसा रहा होगा
इस ठिठुरती धूप में कहीं एक
नवजात शिशु का आगमन
वह सोच तो नहीं सकता
फिर भी सोचता अवश्य होगा
ऐसी परिकल्पनाओं के बीच
एक कवि अपनी कलम घिस रहा होगा
एक बिना बात की कविता ने जन्म लिया होगा
उसी नवजात शिशु के समान
कहीं कोई थक-हारकर
थककर या फिर हारकर
ये जाने बिना ही वो घर जा रहा होगा
एक ऐसी जगह जहाँ कुछ मरे हुए
जीवित लोगों के सिवा और कुछ नहीं
कुछ आँखें जिनमें भूख झलक रही होगी
भूख चिंगारी से कब आग हो जाती है
पता नहीं चलता
सम्पूर्ण विश्व को जलाने की काबलियत रखने वाली
भूख की आग
कवि किसी न्यायाधीश की भाँति
मौत की कविता लिखने के बाद
अपनी कलम तोड़ देता होगा
और फिर सोचता होगा
जीवन में विकल्प होते हैं क्या

काबिल

हकीकत की परतें हटाकर देखी तो मोम का दिल निकला
दूर से जगमगाते जुगनू के पास गये तो वो तारा झिलमिल निकला
चर्चा था शहर में रोटी की चोरी का और उसमें वो शामिल निकला
भूखों का पेट भरता है ये चोर, इस शहर में ये ही एक दरिया दिल निकला
मौके से यूँ तो वो महरूम ही रहा, उड़ने को पंख नहीं थे कभी,
झूठ-मूठ के पंख लगाकर बहुत दूर उड़ गया, देखो वो कितना काबिल निकला

काली रात

उसके घर में एक नन्हा चाँद उसका है
छोटा ही सही पर एक जहाँ उसका है
हर रात का मालिक बदल जाता है
सुबह का जो अँधेरा है वो उसका है
चराग़ों से कोई कह दे बुझ जाने को
उनके नूर से उसका दिल दुखता है
अपनी आपबीती अब वो क्या सुनाये
कोई हाथ भी लगाये तो उसे चुभता है
ईमान तहज़ीब अदब आबरू बदन
बेचिए इस बाज़ार में सब कुछ बिकता है
तोहमत लगायी सबने मुँह काला करने की
आईने में किसका मुँह काला है साफ़ दिखता है

कहानीवाला

एक ओर दस्तक देती
दरवाज़े पर हवा की सुगबुगाहट
जैसे कुछ कहने को है
किसी की अधूरी कहानी
सुनाने को व्याकुल
दरवाज़े की दूसरी तरफ़
ये कौन है
अधूरी कहानियों का पिटारा लिये
स्वयं में व्याकुलता का संसार
उत्सुक है स्वागत को
एक और अधूरी कहानी का
व्याकुलता भरी
इतनी अधूरी कहानियाँ
जिनमें से एक में भी काबिलियत नहीं
दूसरे को पूरा करने की
सब अपने-आप में अनोखी
अधूरी कहानियाँ
एक पूरा प्रयास
दरवाज़े के दूसरी तरफ़ हो रहा है
नाकाबिल अधूरी कहानियों को
जोड़कर एक पूरी कहानी बनाने का
दरवाज़े के दूसरी तरफ़ ये कलाकार कौन है
आप में से ही कोई है
एक कहानीवाला
जिसे शौक है अधूरी कहानियों को
जोड़कर पूरा करने का
तलाशिये हम आपमें ही रहता है
वो कहानीवाला

कविता की मौत

क्या आवश्यक है
किसी श्रोता या पाठक का होना
एक कविता के लिये
उसके अच्छे या बुरे का प्रमाण पत्र देने की लिये
कवि की दृष्टि में उसकी सब कविताएँ कालजयी हैं
कविता जीवित रहती है तब तक
जब तक कवि के हृदय में रहती है
श्रोता या पाठक उसे कालजयी बनाने के नाम पर
अमूमन उसकी हत्या कर देते हैं
बाजार में आते ही कविता की मौत हो जाती है
कवि के सामने उसकी कविता की धज्जियाँ
उड़ाई जाती हैं और कवि मूक दर्शक के समान
ये मौत का तमाशा देखता रहता है
और कोई विकल्प भी नहीं है
एक तरह से कवि आश्रित है इन्हीं
चुनिंदा श्रोताओं और पाठकों पर
जो विश्लेषक, आलोचक के वेश में
हत्यारे हैं और कुछ भी नहीं
कविता की मौत का मातम भी नहीं होता
बस कवि रोता है इस बात पर
क्यों उसने अपनी कविता हृदय से निकालकर
बाजार में रख दी बिकने को
ऐसे में निश्चित है कविता का दुःखद अंत
निश्चित है कविता की मौत

कोई जीवित है

चुप्पी, निष्क्रियता
किसी क्रान्ति का पर्याय
नहीं हो सकते
ये केवल मृत्यु के मायने हो सकते हैं

चलती हुई साँसों के बीच फँसे
मरे हुए लोगों से
ये आह्वान है --
जो जीवित हैं आवाज़ दें
जीवन का सबूत दें

शिथिल वाणी भी मिलकर
गर्जना का रूप हो सकती है
आवश्यकता है एकत्रित होने की
भरोसा रखने की
उम्मीद रखने की

मरे हुए जीवित लोगों से
बार-बार ये प्रश्न पूछा जाना आवश्यक है
तेज़ आवाज़ में पूछा जाना आवश्यक है
"क्या आप में कोई जीवित है"
और यदि एक भी उत्तर हामी में आता है
तो उसकी चलती साँसों में फिर
जीवन फूँकने की आवश्यकता है
ये दायित्व है
कर्तव्य है उनका
जो स्वयं को इन मृत लोगों के बीच
जीवित मानते हैं

कुछ कम है

दिवाली है आज पर बाज़ार की चमक कुछ कम है
बहार पुरज़ोर है पर गुलशन की गमक कुछ कम है
स्वाद झूठा है सच्चाई है दाल में नमक कुछ कम है

नाक के नीचे पलते हत्यारों की भनक कुछ कम है
वो जो आज फिर हारा है उसमें सनक कुछ कम है
घुँघरू टूट गये पायल के उसमें झनक कुछ कम है

नये परिंदे जो आये हैं बाग़ में पुरानों की चहक कुछ कम है
जो कभी झुलसा देती थी उस आग में लहक कुछ कम है
जिससे महकता था आँगन उन रिश्तों में महक कुछ कम है

ये मौसम कुछ मायूस है, इस बार सर्द में कड़क कुछ कम है
मुझे ही बनानी होगी, उस मंज़िल तक सड़क कुछ कम है
लहू में रवानगी अब भी न आई समझो भड़क कुछ कम है

लेखक और पाठक – मूलभूत प्रश्न

कितने लेखक, कुछ लिखने से पहले ही
लेखक हो जाते हैं
ठीक वैसे ही जैसे
कितने पाठक, कुछ पढ़ने से पहले ही
पाठक हो जाते हैं
फिर इन्हीं लेखकों पाठकों के बीच
परस्पर वाह-वाही का दौर चलता है
परस्पर निंदा का दौर चलता है
गूढ़ चिंतन, गूढ़ मंथन, गूढ़ विमर्श
सब अभिनय मात्र, नाटकीय मंचन जैसा
फिर धीरे-धीरे समय के साथ
ऐसे लेखक, लेखक होने से पहले ही
मर जाते हैं और
अपने पीछे छोड़ जाते हैं
रद्दी पुलिंदों की असीमित विरासत
ऐसा मैं नहीं कहता, ऐसा वही कहते हैं -
हाँ वही पाठक, जो कुछ पढ़ने से पहले ही
पाठक हो जाते हैं

जो वास्तव में कुछ लिख कर लेखक होते हैं
उन्हें जैसे फ़र्क ही नहीं पड़ता
किसी पाठक के होने या न होने से
उन्हें विश्वास होता है अपने अमरत्व पर
अपने जीवन काल में ही
उन्हें जैसे आवश्यकता ही नहीं
किसी टीका टिप्पणी की,
किसी वाह-वाही की, कोई निंदा की
दिवाकर की भाँति विश्वास है

अपने असीमित प्रकाश पर
अपने स्थायित्व पर, अपने अमरत्व पर

पर मूलभूत प्रश्न आज भी वैसे ही विद्यमान है
वास्तविकता में लेखक और पाठक कौन हैं
आइए इसका उत्तर खोजते हैं
सब मिलकर अपने-अपने भीतर,
रद्दी पुलिंदों की विरासत में,
जिल्दबन्द अमरत्व के दस्तावेजों में
यह मानवता के हितार्थ अत्यंत आवश्यक है

मैं धूमिल होना चाहता हूँ

मैं धूमिल नहीं हूँ पर मैं धूमिल होना चाहता हूँ
मैं संसद नहीं हूँ पर
वहाँ तक की सड़क का एक रोड़ा अवश्य हूँ
या फिर सड़कों पर होती संसद का एक हिस्सा हूँ
मैं प्रजा के तंत्र को समझना चाहता हूँ
मैं धूमिल नहीं हूँ पर मैं धूमिल होना चाहता हूँ

न मैं लोहार हूँ और न ही मैं वो घोड़ा हूँ
जिसके मुँह में लगाम है
पर मैं पूछना चाहता हूँ उस लोहार से
उसके हाथों के छालों से कि
क्यों उससे लोहे का स्वाद न पूछें
मैं उस घोड़े से लोहे का स्वाद चखना चाहता हूँ
मैं धूमिल नहीं हूँ पर मैं धूमिल होना चाहता हूँ

न मैं रोटी बेलता हूँ, न मैं रोटी खा पाता हूँ
न ही मैं रोटी से खेलता हूँ
मैं वो कुत्ता हूँ जो उछलती रोटियों के खेल के बीच
रोटी की प्रतीक्षा में भूखमरी से मर जाता हूँ
हाँ मैं भी रोटी खाना चाहता हूँ
मैं धूमिल नहीं हूँ पर मैं धूमिल होना चाहता हूँ

न मैं मोची हूँ, न ही मैं राम हूँ
न मैं जूतों की मरम्मत कर सकता हूँ
न ही मैं भाग्य ठीक कर सकता हूँ
फटे जूतों से झाँकती उँगलियाँ
एक कहानी कह रही हैं
मरम्मत से फिर मरम्मत होने की कहानी

मैं इन खुले टाँकों को फिर सीना चाहता हूँ
मैं धूमिल नहीं हूँ पर मैं धूमिल होना चाहता हूँ

मैं प्रकाश में लिपटा हुआ
अँधकार का पुतला हूँ
जिसके प्रकाश की हर किरण झूठ है
कभी न पकड़ में आने वाला
सदा ही सत्य दिखने वाला झूठ
मैं बहुत भीतर कहीं प्रज्वलित होना चाहता हूँ
मैं धूमिल नहीं हूँ पर मैं धूमिल होना चाहता हूँ

(धूमिल को पढ़ते हुए)

मसखरा

दिल में घाव आज भी हरा है
इसीलिये तो मसखरा है
आँखों के आँसू छिपाता है
हर वक्त काला चश्मा लगाता है
हँसना-हँसाना उसका काम है
दुनिया में इसी से उसका नाम है
सबकी हँसी का पात्र बनता है
मज़ाक बनने से उसका घर चलता है
और उसे कोई फ़न नहीं आता है
इसके सिवा कुछ मन नहीं भाता है
उसके पुरखों में सबने यही काम किया है
इसी से थोड़ा बहुत जो भी है नाम किया है
तमाशा दिखाता है, तमाशा बनता है
गंभीर न हो उसके लिये सब चलता है
आँसू असली हैं या नकली पहचान नहीं पाओगे
उसकी हँसी के पीछे के राज़ जान नहीं पाओगे
दूसरों पर हँसने से पहले बस इतना कर लो
दर्पण के सामने जो है उस पर हँस लो
तुम्हारे भीतर का ये सत्य बहुत बड़ा है
सामने तुम्हारे भीतर का मसखरा खड़ा है
ये स्वयं को समझने का अवसर सुनहरा है
गौर से देखो अपने भीतर एक मसखरा है

मत पूछो

और कुछ पूछो, तबियत का मिजाज़, मत पूछो
इन बच्चों का बचपन, है इक राज़, मत पूछो
सिफ़र है ज़िन्दगी, ये कैसा है आग़ाज़, मत पूछो
कोई सुनवाई है भूख ने दी है आवाज़, मत पूछो
ये सितारे हैं ख़ाक में, ख़ुदा का अलग है अंदाज़, मत पूछो
हैं तो ये हम में से ही, फिर क्यों इतना है नाज़, मत पूछो
मिल लेते हैं मुस्करा के, फ़र्ज़ अदाइगी का है रिवाज़, मत पूछो
हैं फकीरों के दुश्मन और हैं गरीब नवाज़, मत पूछो
आज़ादी सिर्फ तारीख है, हैं वाकई आज़ाद मत पूछो

मेरे हमदम मेरे दोस्त

कभी जैसे असंख्य दीपों की कतारें
कभी जैसे आसमान से चाँद उतारें
कभी जैसे उषा का शीतल अहसास
कभी जैसे मौसम कोई ख़ास
कभी जैसे चहचहाते पक्षियों का झुण्ड
कभी जैसे दैवीय शक्तियों का जलकुण्ड
कभी जैसे बच्चे की किलकारियाँ
कभी जैसे ख़ूबसूरत फूलों की क्यारियाँ
कभी जैसे प्यार से बच्चे को पुचकारती माँ
कभी जैसे मेरी पूरी दुनिया मेरा सारा जहाँ
कभी जैसे पिताजी की आँखें सख़्त
कभी जैसे छाँवदार दरख़्त
कभी जैसे पहली चाय की चुस्की
कभी जैसे मीठी यादों की हिचकी
कभी जैसे सर्द रातों का अलाव
कभी जैसे कोंपल का शाख से जुड़ाव
कभी जैसे झरने का पानी
कभी जैसे निंदिया सुहानी
कभी जैसे कोई पुराने ख़त
कभी जैसे मेरे सिर की छत
कभी जैसे डूबते को तिनके का सहारा
कभी जैसे भटके हुए माझी को किनारा
कभी जैसे मेले की चहल-पहल
कभी जैसे किसी जटिल समस्या का हल

कभी जैसे बसंत बाहर
कभी जैसे सावन की फुहार
कभी जैसे मुझमें हो तुम
कभी जैसे एकांत गुमसुम
ऐसे थे तुम, ऐसे ही हो और ऐसे ही रहना सदा
मेरे हमदम मेरे दोस्त।

मेरे टूटे घर में उसका आना जाना रहता है

खुशी कभी थी यहाँ पनपती, अब सन्नाटा रहता है
मेरे टूटे घर में उसका आना-जाना रहता है

हँसी-ठिठोली और किलकारी
उजड़ गयी सुन्दर फुलवारी
गुब्बारे उड़ते सतरंगी
एक-एक कर छूटे संगी
कभी गाँव आबाद था मेरा, अब बंजारा रहता है
मेरे टूटे घर में उसका आना-जाना रहता है

खुशी कभी थी यहाँ पनपती, अब सन्नाटा रहता है
मेरे टूटे घर में उसका आना जाना रहता है

नन्हीं पायल बजती रुनझुन
कहीं खो गयी वो मीठी धुन
दादी नानी की वो कहानी
जैसे हो कोई बात पुरानी
कभी रोशनी रहती थी पर, अब अँधियारा रहता है
मेरे टूटे घर में उसका आना-जाना रहता है

खुशी कभी थी यहाँ पनपती, अब सन्नाटा रहता है
मेरे टूटे घर में उसका आना-जाना रहता है

जाड़े की वो नर्म धूप कभी
ग्रीष्म ऋतु में सूखे कूप सभी
मीठी यादों का ये मौसम
छिन गयी यादें मिट गया मौसम
कभी तो नदियों का कलकल था, अब सागर खारा बहता है
मेरे टूटे घर में उसका आना-जाना रहता है

खुशी कभी थी यहाँ पनपती, अब सन्नाटा रहता है
मेरे टूटे घर में उसका आना-जाना रहता है

बचपन के वो खेल खिलौने
न अब खेल हैं न वो खिलौने
कभी जुगनू की जद्दोजहद थी
अब दिनकर है पर वो सब नहीं
कभी बसंत बहार था जीवन, अब पतझड़ सारा रहता है
मेरे टूटे घर में उसका आना-जाना रहता है

खुशी कभी थी यहाँ पनपती, अब सन्नाटा रहता है
मेरे टूटे घर में उसका आना जाना रहता है

कभी जहाँ पंछी थे गाते
वहाँ अब गिद्ध हैं मंडराते
जिसे मकान से घर था बनाया
वो फिर से मकान बन आया
कभी पंछियों का कलरव था, अब सन्नाटा रहता है
मेरे टूटे घर में उसका आना-जाना रहता है

खुशी कभी थी यहाँ पनपती, अब सन्नाटा रहता है
मेरे टूटे घर में उसका आना-जाना रहता है

मंद पवन में खुली साँस कभी
उस हवा में उसका अहसास अभी
आँखों में उसकी सूरज का तेज
मूँद दी आँखें ले लिया सब तेज
कभी प्रकाश का स्रोत था मेरा, अब धूमिल तारा रहता है
मेरे टूटे घर में उसका आना-जाना रहता है

खुशी कभी थी यहाँ पनपती, अब सन्नाटा रहता है
मेरे टूटे घर में उसका आना-जाना रहता है

मुझे कुछ नहीं कहना

मैं अपनी कथा, अपनी व्यथा
बता तो सकता हूँ, पर,
सुना नहीं सकता
तालियाँ बजवाकर
वाहवाही बटोरना उद्देश्य नहीं है
उद्देश्य बड़ा है बहुत बड़ा
ये मेरी कथा है, मेरी व्यथा है
ये कोई चुटकुलेबाजी नहीं है
मैं तो छोड़ जाऊँगा ऐसे कितने ही दस्तावेज
कथाओं के दस्तावेज, व्यथाओं के दस्तावेज
पर क्या तुम समझ पाओगे
समझ पाते तो तालियाँ न बजाते
एक कदम उठाते, साहस करते
पर कोई बात नहीं
सितारे की चमक की पहचान
सबके बस की बात नहीं
आयेगा सही चमक का सही समय आयेगा
अब इसके आगे
कहने सुनने को कुछ नहीं है
अब मुझे कुछ नहीं कहना

मुझे उनका बेटा न कहना

सलाख़ों के इस पार मैं कैद हूँ
सलाख़ों के उस पार वो कैद हैं
एक चाहरदीवारी में मैं कैद हूँ
भरी पूरी दुनिया में वो कैद हैं
अदालतों में जितने इल्ज़ाम मुझ पर लगाये
उससे कहीं ज़्यादा उनकी इज़्ज़त उछाली
मुझे तो एक सज़ा-ए-मौत दे दी बस और
उन्हें दी ज़िन्दगी भर जीते जी मरने की सज़ा
कितनी उम्मीदें थी मुझसे
और मैं नालायक निकला
मुझे कातिल गुनहगार कुछ भी कहना
पर उनका बेटा न कहना

नदी का व्यक्तित्व

पीकर सुखा डाली, पूरी एक नदी
फिर भी तृष्णा शेष है
मनुष्यता का ये कैसा वेश है
प्यास बुझानी है तो
नदी का दायित्व समझो
नदी का व्यक्तित्व समझो

नदी जब तक नदी है
तब तक मीठी है
जब सागर में विलीन हो जाती है
नमकीन हो जाती है
नदी का स्वाद समझना है तो
नदी का अस्तित्व समझो
नदी का व्यक्तित्व समझो

कलकल बहता पानी है नदी
उज्ज्वल निर्मल पानी है नदी
निरंतरता के ठहराव को समझना है तो
नदी का स्थायित्व समझो
नदी का व्यक्तित्व समझो

माँ की गोद का अहसास है नदी
कोई दैवीय शक्ति का आभास है नदी
नदी का स्नेहाशीष समझना है तो
नदी का नारीत्व समझो
नदी का व्यक्तित्व समझो

मोक्ष का अंतिम स्थान है नदी
हाहाकार, प्रलय कभी तूफ़ान है नदी
नदी का पूरा प्रभाव समझना है तो
नदी का स्वामित्व समझो
नदी का व्यक्तित्व समझो

नमक का किसान

ये शैलेश है
खेती करता है, नमक की
नमक से रोटी बनाता है पेट भरने के लिये
पर छिड़कता नहीं किसी के ज़ख्मों पर
और उसके ज़ख्मों में इतना नमक भर चुका है
उसे जैसे कुछ महसूस ही नहीं होता

ये सुरेश है
ये भी यहीं रहता है
खेती करता है, नमक की
इसके पैर सफ़ेद हो गये हैं
सख़्त हो गये हैं
नमक घुस रहा है
ज़ख्मों में धीरे-धीरे

ये मनोज है
ये भी यहीं रहता है
ये दस-पंद्रह दिनों से नहाया नहीं है
यहाँ सब रोज़ नहीं नहाते
बिना नहाये तो कई दिनों तक ज़िन्दा रह सकते हैं
लेकिन पानी पिये बिना कब तक

ये लता है
ये भी यहीं रहती है
विधवा है
आदमी इसका अभी पिछले साल ही गुज़रा है
किसी दुर्घटना में नहीं, एक लम्बी बीमारी से
जो उसे विरासत में मिली थी बचपन से
नमक की बीमारी

ये इनका घर है
अभी-अभी लीपा है गोबर से
गाय भैंस नहीं होते गधे होते हैं
छत पर टाट के बोरे बिछे हैं
कुछ बोरे ज़मीन पर भी पड़े हैं
बोरे कुछ भरने के काम नहीं आते
कुछ इतना है ही नहीं जो बोरों में भरा जाये
बोरे गद्दे हैं रज़ाई है

और देखिए धूप में सूख चुके इन लोगों को
बाहर से नमकीन इन लोगों को
अंदर इंसानियत की एक नमी ज़िन्दा है
ज़बान में एक मिठास ज़िन्दा है
जो शिकायत नहीं करती, स्वागत करती है
चाय पूछती है, खाना पूछती है
शिकायत कभी नहीं करती

और दूसरी तरफ़
ये संसद है, विधानसभा है, पंचायत है
सांसद हैं, विधायक हैं, सरपंच हैं
प्रजातंत्र है, लोकतंत्र है, राजनीति है
वादे हैं, योजनाएँ हैं, अधिकार हैं
पर इनके पास तक कुछ भी नहीं
भारत के नक्शे में एक बिंदु है
पर भारत से बहुत दूर

नमक!
खाने का स्वाद तो बदल सकता है
लेकिन किस्मत नहीं

पल

ये पल,
मुझे इजाज़त नहीं देता
इस पल से आगे
कुछ भी देख सकने की
कुछ भी जान सकने की
इजाज़त देता है तो सिर्फ़
कामना कर सकने की
अनुमान लगा सकने की
योजना बना सकने की
ठीक वैसे ही जैसे,
ये पल,
मुझे इजाज़त नहीं देता
इस पल से पीछे
किसी भी पल में जा सकने की
किसी भी पल में कुछ बदल सकने की
इजाज़त देता है तो सिर्फ़
सीख सकने की
याद रख सकने की
भूल सकने की

ये पल हर पल
इस पल से उस पल में जा रहा है

पीड़ा और प्रेम

अपनी पीड़ा किसी और को
समझा पाना
और
किसी और का उसे
समझ पाना
दोनों ही लगभग असंभव सी बात है
दोनों ही अपवाद है
पीड़ा समझने-समझाने के दायरे से बाहर है
मनुष्य अभिनय में पारांगत है
सिर्फ़ अभिनय करता है
समझता कुछ नहीं
वो समझ ही नहीं सकता
परंतु पशुओं में ऐसा कुछ भी नहीं है
पशु अभिनय नहीं करते
वो सब समझ जाते हैं
पीड़ा भी, प्रेम भी

रात और दिन

धूमिल होता प्रकाश
प्रदीप्त होता अँधकार
प्रकाश से अँधकार का हस्तांतरण
ये संध्या का समय है
जो निश्चित ही रात लेकर आयेगी
पर इस आश्वासन के साथ
रात के बाद फिर कुछ ऐसा ही समय आयेगा
धूमिल होता अँधकार
प्रदीप्त होता प्रकाश
अँधकार से प्रकाश का हस्तांतरण
ये भोर का समय होगा
जो एक नए दिन की शुरूआत करेगा

रात लम्बी हो सकती है स्थाई नहीं
दिन भी लम्बा हो सकता है स्थाई नहीं
रात और दिन दोनों जीवन के बराबर के हिस्से हैं
रात और दिन दोनों के बराबर के किस्से हैं

रात का दर्द

रात का दर्द
रात से बड़ा
पहाड़ सा खड़ा
अडिग अटल
अगम अचल
अतुलनीय
अविश्वसनीय
तेज़ है चालाक है
मनुष्यता अवाक है
कोई न कुछ भी कहे
मूक हो सब कुछ सहे
सहन करना भी असीमित
यूँ ही मरना भी असीमित
भोगिए प्रसाद है
देवता जल्लाद है
शिष्टता अशिष्ट है
अशिष्टता विशिष्ट है
देह दंश काट-काट
बार-बार बाँट-बाँट
देह पर निशान है
यही तो सम्मान है
मिले सर्वाधिकार हैं
छद्म हैं बेकार हैं
भाग्य है ललाट पर
बंद सब कपाट दर

पीढ़ियों का खेल है
घर नहीं है जेल है
ज़िंदगी बस बात है
रात ही बस रात है
रात में बस दर्द है
कोई नहीं हमदर्द है
कोई नहीं हमदर्द है

रात की धूप में रंग महसूस होते हैं

न्योता था रजनी का
स्वर्णिम धूप खाने का
अवसर था मन के भीतर
कहीं दीप जलाने का
आगंतुक कुछ कम आये
रजनी के निमंत्रण में
सुप्तावस्था में होंगे सब
तिमिर के प्रांगण में
निशा की धूप जिनको मिली
वो उनका सौभाग्य है
जो उससे वंचित रहे
वो भी उनका भाग्य है
ला रहा हूँ कुछ अलग मैं
अपनी प्रवृति अनुसार
रात की धूप के पश्चात
रंगों का त्योहार
जीवन के हर रंग से
कुछ न कुछ है इसमें
प्रेम, करुणा, कटाक्ष, वेदना
आदि सब रंग हैं इसमें
रंग बाँटने में अक्सर हम
कितने कंजूस होते हैं
रंग जब दिखते नहीं
तब महसूस होते हैं

रंग महसूस होते हैं

काला ! क्या है
रंग है
हर रंग की नामौजूदगी है
अंधकार है
खालीपन है
सामाजिक संज्ञा है
हीनता का भाव है
कोई भय है
भेदभाव का प्रारंभ है
या फिर कुछ नहीं है
सिर्फ़ मन का वहम है

जो भी है,
रंग और काला पर्यायवाची थे उसके लिये
और ये सब काले की अलग-अलग परिभाषाएँ थीं
अलग-अलग समय पर

और देखा भी क्या था उसने
यही एक चीज़ देखी थी हमेशा से
यही समझा था अपनी सीमित समझ अनुसार
इस रंग विहीन दुनिया में बड़े आहिस्ते से
कदम बढ़ाना सीख रहा था
ध्वनि, गंध, स्वाद और स्पर्श
की सहायता से
उसके बचपन के साथी
मरते दम तक के साथी
फिर एक दिन
उसका जीवन समझने के लिये
स्वयं को हवाले कर दिया

एक चाहरदीवारी को
जो पूरी तरह से
प्रकाश मुक्त और अंधकार युक्त थी
फ़िर प्रारम्भ हुआ एक सफ़र
मेरी रंगीन दुनिया में अब सिर्फ़
एक रंग था - काला
मैं प्रयास करता रहा
सब कुछ समझने का
ध्वनि, गंध, स्वाद और स्पर्श
की सहायता से
और हर पल उसके बारे में
सोचता रहा
उसकी तो पूरी दुनिया ही
एक ऐसी ही चाहरदीवारी है
प्रकाश मुक्त और अंधकार युक्त

कुछ दिनों बाद
दिमाग सुन्न पड़ गया
उस काली यातना की मार से
वो आज़ाद हो जाना चाहता था
काले की गिरफ़्त से
मगर उसका दिमाग तो
कभी सुन्न नहीं पड़ता
उसे ये यातना नहीं लगती
उसे कोई गिरफ़्त नहीं लगती
वो मुस्कुराता रहता है

उसने हर चीज़ को महसूस करना सीख लिया था
रंग जब दिखते नहीं तो महसूस हो जाते हैं

रिश्तों के निशान

बहुत कस के बाँध रखा है
रिश्तों की मज़बूत रस्सी से
इतना कस के कि रिश्तों के निशान
साफ दिखते हैं उभरे हुए
पूरे शरीर में, दिलो-दिमाग में
ऐसा नहीं था कि ये कसाव शुरू से था
वो तो साल-दर-साल बढ़ रहा था
बहुत धीरे-धीरे, बड़े प्यार से
जैसे कुछ हो ही न रहा हो
शुरू-शुरू में तो इस कसाव में
गौरव महसूस होता था
एक शक्ति महसूस होती थी
एक अभिमान महसूस होता था
लेकिन जब इस कसाव का दर्द
धीरे-धीरे असहनीय होने लगा
जब हर एक रिश्ता चुभने लगा
तब उसने तितली होना चाहा
हल्के फुल्के पंखों वाली
रंग-बिरंगी तितली
जिसे स्वतंत्रता थी किसी भी बाग में जाने की
किसी भी फूल पर बैठने की
रंगों से खेलने की
जैसे
कोई शिशु हँसता खेलता
अठखेलियाँ करता
रंग-बिरंगी बातें करता है
कहीं भी आता-जाता है
पूरे माहौल को रंगा-रंग कर देता है

तितली का तितलीपन लेकिन
बहुत दिनों का नहीं है
वो शिशु भी धीरे-धीरे रिश्तों में कसता जाता है
बहुत जल्द ही सब ख़त्म हो जाता है
और फिर एक दिन वो
शिशु और तितली दोनों
मर जाते हैं

रोटी का मान

रोटी का मान
वही रखता है
जो या तो भूखा है
या फिर रोटी पैदा करता है
जो इनमें से कोई नहीं है
वो केवल रोटी खाता है और मोटाता है
केवल रोटी खाने वाला
रोटी बर्बाद करता है और
रोटी को बार-बार तिरस्कृत करता है

भूखे को जब प्रतिदिन
रोटी मिलने लगती है
तो वह मोटाने लगता है
पसीना नहीं बहाता और
रोटी का मान नहीं रखता

रोटी पैदा करने वाला जब
इफराद रोटी पैदा करता है
तो वह भी मोटाने लगता है
वह भी रोटी का मान नहीं रखता

इसलिये आवश्यक है
भूख और रोटी की कमी
रोटी का मोल समझने के लिये
रोटी का मान रखने के लिये

सबसे छोटी कविता

सबसे छोटी कविता
कितनी छोटी हो सकती है
कुछ शब्दों की
या फिर तीन शब्दों की
या फिर दो शब्दों की
या फिर एक शब्द की
या फिर एक भी शब्द नहीं
कविता की रिक्तता को पूरी करती एक कविता
सबसे छोटी कविता
परन्तु ये कितना संभव है
क्या शब्द हर रिक्तता को पूरा कर सकते हैं
कुछ रिक्त स्थानों की पूर्ति कोई नहीं कर सकता
और वो कुछ नहीं रिक्त स्थान ही है
अपने-आप में एक सम्पूर्ण कविता
सबसे छोटी कविता

साधारण एवं असाधारण बात

एक बूचड़खाने में प्रतिदिन
कितने पशु पक्षी कटते हैं
ये साधारण सी बात है
पर उसी बूचड़खाने में
मनुष्य का कटना
ये असाधारण बात है
मनुष्यों का बिना रक्तपात के
कटते रहना, मरते रहना
ये साधारण सी बात है
ऐसी मृत्यु के लिये कोई दण्ड नहीं है
परन्तु मनुष्य का मनुष्य को मार देना
रक्तपात के साथ
ये असाधारण बात है
ऐसी मृत्यु के लिये मृत्युदण्ड का प्रावधान है

पुरुषों में पौरुष का होना, स्त्रियों में स्त्रीत्व का होना
ये साधारण सी बात है
किन्तु इसके विपरीत
पुरुषों में स्त्रीत्व का होना, स्त्रियों में पौरुष का होना
ये असाधारण बात है
ऐसे में समाज से बहिष्कृत कर देने का रिवाज़ है

लोगों के जीवन में दिन में भी रात रहना
उजाले की अत्यधिक कमी होना
ये साधारण सी बात है
किन्तु रात में दिन और दिन में रात हो जाना
ये असाधारण बात है

अनगिनत लोगों का रात को घर न पहुँचना
अकस्मात ही गायब हो जाना
ये साधारण सी बात है
इंसान का चंद्रमा पर पैर रख देना
ये असाधारण बात है

इन्हीं साधारण-असाधारण से
प्रस्फुटित होती कविता
ये साधारण सी बात है
किन्तु ज़मीन पर उतरकर
कुछ सुधारने की एक पहल (कोशिश) करना
ये असाधारण बात है

सफेद बाघ

एक तरह की आस है
बड़ी तेज प्यास है
नर्क से मुँह मोड़कर
ताम-झाम छोड़कर
तिनका-तिनका जोड़कर
एक पिंजरा तोड़कर
स्वयं की तलाश में
उड़ खुले आकाश में
उड़ कि जैसे बाज हो
कबूतरों का राज हो
हाँ तेरे व्यक्तित्व पर
हाँ तेरे अस्तित्व पर
ये जो व्यक्ति मौन है
पूछ तू वो कौन है
पाप तुझ पे थोपकर
पीछे छुरा घोंपकर
देवता समान है
स्वामी तेरा महान है
क्रोध से हो मन भरा
सुन कहूँ खरा-खरा
भले नहीं कुल श्रेष्ठ है
पर तू ही सर्वश्रेष्ठ है
ये जान ले ये मान ले
छीनकर सम्मान ले
लक्ष्य एक साधकर
ग़र पड़े अपराध कर
तोड़ दे और काट दे
स्वतंत्रता ललाट पे

एक और अपराध कर
हाँ अवश्य श्राद्ध कर
अपने उस अतीत का
प्रेम का उस प्रीत का
अपने उस परिवार का
गाँव का घर-बार का
पीढ़ियों में एक बार
होता है ये चमत्कार
पिंजरे का कबूतर
मालिक का नौकर
बन जाता है बाज ये
करता है फिर राज ये
समय का चक्र गोल है
आज तेरा ही मोल है
बाज जो था अब कबूतर है
स्वामी तेरा आज नौकर है
ढींठ है तू, घाघ है तू
हाँ सफेद बाघ है तू

सफेद भैंस

श्याम पटल पर सफेद अक्षर
अथवा
श्वेत पटल पर काले अक्षर
दोनों ही मेरे लिये भैंस के समान है
अब ये मत पूछियेगा
भैंस और वो भी सफेद?
आप तो सब जानते हैं
(समझदार को इशारा काफी है)
दूधिया सफेद
मतलब
एकदम झक सफेद
जिस पर नज़र का काला टीका भी
चाँद पर काले दाग के जैसे है
सफेद भैंस अपनी सफेदी के लिये
आश्रित है काली भैंस पर
लेकिन काम हो जाने पर
यही काली भैंस एक मक्खी हो जाती है
सफेद दूध में पड़ी हुई
लेकिन काली हो या सफेद
पेट तो दोनों का ही है
और जब चारा सीमित हो तो
खाली पेट सोना पड़ता है
देश की काली भैंसों को
और देश की सफेद भैंसें
खा जाती हैं इनका चारा
काली भैंसों का सफेद दूध
सिर्फ़ अपने बच्चे का नहीं
पूरी मानव जाति का पेट भरता है

पौष्टिकता से
लेकिन सफेद भैंस का काला दूध
सिर्फ़ पेट भरता है अपने बच्चों का
और सम्पूर्ण मानव जाति के लिये
जहर के सिवाय कुछ नहीं

संतुलन

एक दियासलाई
जिसमें क्षमता है समूचे विश्व को
महज कुछ पलों में राख कर देने की
वहीं उसके विपरीत
पानी की एक बूँद
जिसमें क्षमता है उस दियासलाई के
सब इरादे नाकाम कर देने की
परन्तु स्वयं में ये दियासलाई अस्तित्वहीन है
इसे चाहिए कुछ ऐसे तत्व जिससे
घर्षणोंपरांत ये अग्नि उत्पन्न कर सके
दरअसल अस्तित्व महज अग्नि का है
अग्नि जल पर भारी है या फिर जल अग्नि पर
ये बड़ा ही गूढ़ एवं गंभीर प्रश्न है
एक संतुलन आवश्यक है जीवन बचाये रखने को
हमारे बीच ध्यान से देखिए
दियासलाई, घर्षण यंत्र, अग्नि, जल
सब मौजूद हैं
आवश्यक है तो बस संतुलन बनाये रखने की

सीधा कितना सरल होता है

यूँ तो तुम्हारे घर का रास्ता
बहुत आसान था
एक सीधी सड़क थी
मेरे घर से तुम्हारे घर तक
पर फ़िर भी मैं आज तक
तुम्हारे घर नहीं आ सका

इसकी क्या वजह हो सकती है
क्या ये सीधा रास्ता सरल नहीं था
क्या सीधा सरल नहीं होता
नहीं होता शायद!
सीधे रास्तों की एक मुश्किल होती है
एक बार उतर जाने के बाद
मार्ग परिवर्तित करना संभव नहीं होता

या तो गंतव्य की प्राप्ति या फिर शहादत
या फिर वापस लौट जाने का भी एक विकल्प है
कमज़ोर भगोड़ों के लिये
जो हर रास्ते को किसी तिकड़म से
पार करना चाहते हैं
सीधे रास्तों का कोई तिकड़म नहीं होता
कभी नहीं रहा

सीधे रास्तों के पथिक
दूर से देखे जा सकते हैं
कोई मोड़ नहीं जिसकी
आड़ में छुपा जा सके
सीधे रास्तों में,

थोड़ा दूर भी बहुत दूर होता है
हर कदम के साथ मन
ये नहीं सोचता कि कितना कम हुआ है
ये सोचता है कितना बचा हुआ है

सीधा सरल तो शायद नहीं होता
लेकिन सुकून भरा होता है
चैन की नींद और सुबह
फिर सीधे चलने का लक्ष्य
साफ होता है

सीधा कठिन होता है
बहुत कठिन!
कल्पनामात्र,
वास्तविकता में
हर सीधे में
कई मोड़ होते हैं
जैसे हमारी पृथ्वी गोल है
वैसे ही ये सीधे टेढ़े मेढ़े रास्ते

शून्य के पास

सकुचित होता आदमी
चाहरदीवारी, एक छत की कैद में
हर तरफ़ स्वयं की गंध से भरा हुआ
कोई सिर से छत हटा दे
आकाश के अवलोकन को
सूर्य की आँखों में आँख डालकर
स्वयं की गंध से स्वतंत्र होने को
बारिश से अंदर तक भीग जाने को
कभी न सूखने के लिये
कभी न जागने के लिये सो जाएँ
प्रारम्भ हो यात्रा अनंत
शून्य के पास और पास जाने की
फिर सब कुछ शून्य से प्रारम्भ हो।

सूखी रोटी

आटे में थोड़ी नमी डालकर
अच्छे से मिलाकर, गूँथकर
चूल्हे में फिर उसे पकाकर
अर्थात थोड़ी नमी सुखाकर
एक रोटी बनती है
ये आम लोगों की कहानी है

रोटी की एक कहानी इसके आगे भी है
कुछ खास लोगों की खास कहानी
जहाँ हर दिन रोटी नहीं बनायी जाती
जहाँ कभी-कभी कुछ भी नहीं बनाया जाता है
जहाँ पेट को हर दिन भूख नहीं लगती
या फिर शायद रोज़ लगती है
पर वो समझ जाता है
और कुछ नहीं से ही तृप्त हो जाता है
और मान लेता है - भूख रोज़ नहीं लगती
एक दिन रोटी बनाकर
उसे रोज़ थोड़ा-थोड़ा खाने का रिवाज़ है
दिन प्रतिदिन रोटी की नमी सूख जाती है
सूखी हुई कड़क रोटी - इनकी किस्मत जैसी
इसी रोटी को आशा के पानी में डुबो-डुबोकर
रोटी का स्वाद लेते हैं, तृप्ति का आनंद लेते हैं

अपने चारों तरफ़ देखिए
ऐसे कितने ही खास लोग मिल जायेंगे
हर आम आदमी के जीवन का हिस्सा
हर आम आदमी की बुनियाद का एक पत्थर
इन्हें मिलता क्या है - सूखी रोटी पानी के साथ
ये कितने शर्म की बात है।

सूर्य को अपशब्द

सूर्य को गाली देकर क्या होगा
बढ़ जायेगी तुम्हारी काँति
कनक के समान हो जाओ तुम यदि
खरे चमकदार,
सूर्य को अपशब्द कहकर
तो आओ तैयार है,
विशाल हृदयी सूर्य
अपने वक्ष पर तुम्हारे पैर सहने को
तैयार है वह
तुम्हारे आलिंगन को
किन्तु क्या तुम भी तैयार हो
ताप सहने को
सूर्य का
यदि नहीं, तो फिर
सूर्य को गाली देकर क्या होगा

स्त्री

स्त्री जो कुछ भी करती हैं
कैसे कर पाती हैं सब
कैसे पुरुषों से इतना भिन्न हो पाती हैं
इतनी शक्ति समाहित किये हुए
प्रकृति से जैसे कोई वरदान लिये हुए
सृष्टि को रचने का वरदान
शून्य से सब कुछ पुनः स्थापित करने का वरदान
अत्याचार का ताप अधिक बढ़ जाने पर
सब कुछ संहार करने का वरदान
कभी न हार मानने वाली स्त्री
जो एक दूसरे मनुष्य को जन सकती है
वो कुछ भी कर सकती है
पुरुष कितने भी प्रयत्न कर लें
ये दूरी कभी नहीं मिटा सकते
वो स्त्रियों से आगे कभी नहीं निकल सकते
पुरुष मात्र पौरुष का दिखावा करते हैं
स्त्री पौरुष के मायनों को सचमुच यथार्थ करती हैं

तरक्की

आज फिर खूब सबसे झूठ बोला
आज फिर खूब सबको धोखा दिया
आज फिर खूब सबसे लड़ा-झगड़ा
आज फिर खूब सबको अपमानित किया
आज फिर खूब सबका मज़ाक बनाया
इतना सब करके भी
रात को खूब चैन से सोया
सुबह को जब दर्पण ने ठेंगा दिखाया
तब समझ आया
मेरी तरक्की हो गयी
मैं थोड़ा और आदमी हो गया था

थोड़ा और सोचता हूँ

थोड़ा और सोचता हूँ
क्या ये ज़रूरी था
उससे झूठ बोलना कि मेरे पास पैसे नहीं है
जबकि कुछ पैसे थे
तो क्या अगर अपनी एक एफ.डी. तोड़नी पड़ती

थोड़ा और सोचता हूँ
क्या ये ज़रूरी था
मान लेना कि वो झूठ बोल रहा कि उसे पैसों की ज़रूरत है
जबकि अभी कल ही तो उसने महीने की किस्त भरी है
तो क्या अगर वो सच बोल रहा हो

थोड़ा और सोचता हूँ
क्या ये ज़रूरी था
उस बच्चे को खाना खिला देना
जबकि अभी वो कुछ खा ही रहा था
तो क्या अगर उसने कई दिनों से कुछ न खाया हो

थोड़ा और सोचता हूँ
क्या ये ज़रूरी था
उसे अस्पताल पहुँचा देना
जबकि सब उधर से गुज़र रहे थे जैसे कुछ हुआ ही नहीं
तो क्या अगर मैं भी छोड़ देता उसे मरने के लिये

थोड़ा और सोचता हूँ
क्या ये ज़रूरी था
पुलिसिया डंडे खाना और गिरफ्तार हो जाना
जबकि कितने उस वक्त चूड़ी पहन रहे थे
तो क्या अगर मैं भी चुपचाप चूड़ी पहन लेता

थोड़ा और सोचता हूँ
क्या ये ज़रूरी था
अलग हो जाना उससे हमेशा के लिये
जबकि हर बार तो मैं मान ही लेता था
तो क्या अगर इस बार भी झुक जाता मैं

थोड़ा और सोचता हूँ
क्या ये ज़रूरी था
उसे यूँ सरेआम मारना ज़लील करना
जबकि वो पैरों पर गिरा गिड़गिड़ा रहा था
तो क्या अगर मैं माफ कर देता उसे अबकी बार

थोड़ा और सोचता हूँ
क्या ये ज़रूरी था
उस पर एक राय बना लेना फैसला दे देना
जबकि मेरा तो उससे कुछ वास्ता ही नहीं था
तो क्या अगर वो मेरे घर की कोई बेटी होती

थोड़ा और सोचता हूँ
क्या ये ज़रूरी था
उन अधूरी ग़ज़लों को पूरा करना
जबकि उनका हर शे'र अपने-आप में एक ग़ज़ल था
तो क्या अगर कुछ बातें अधूरी ही रखी जाये ताउम्र

थोड़ा और सोचता हूँ
क्या ये ज़रूरी था
हर बात पर इतना सोचना समझना
जबकि और कोई तो नहीं सोचता मेरे जितना
तो क्या अगर मैं भी कुछ कर जाता बिना कुछ सोचे हुए

तुम आती तभी हो जब तुम्हें आना होता है

तुम्हें कितना भी पुकारें
कितना भी याद करें
मिन्नतें, खुशामतें,
कितनी भी फ़रियाद करें,
पर,
तुम आती तभी हो जब तुम्हें आना होता है

कभी हल्की सी झलक देकर ओझल हो जाना
कभी अचानक पूरी की पूरी नज़र आना
कभी गहरी नींद से जगा देना
कभी जागते हुए भी सुला देना
कभी अचानक सब के सामने आ जाना
और मेरी मुश्किलें बढ़ा जाना
न कोई समय, न कोई महूर्त है तुम्हारे आने का
ये तुम्हारा अपना तरीका है रिझाने का
बड़ा सताती हो तुम,
इंतज़ार कराती हो तुम,
पर,
तुम आती तभी हो जब तुम्हें आना होता है

कभी रौद्र रूप की झलक,
कभी सुनहली धूप की झलक,
कभी झलक असहाय के रुदन की,
कभी झलक शिशुओं के क्रंदन की,
कभी क्रान्ति की झलक,
कभी शांति की झलक,
कभी झलक हल्की मुस्कान की
कभी झलक खुशियों की दुकान की

कभी तीखे दर्द की झलक
कभी मौसम सर्द की झलक
कभी करुणा, दया और प्यार,
कभी क्रोध अपार,
ऐसे ही अनेक भावों की झलक
ऐसे ही अनेक घावों की झलक
दिखा जाती हो तुम
बड़ा तड़पाती हो तुम
पर,
तुम आती तभी हो जब तुम्हें आना होता है

तुम्हें लगता है एक तुम ही हठी हो
पर मेरी हठ के आगे तुम छोटी हो
तुम्हारी हर झलक मैं नैनों में कैद कर लेता हूँ
तुमसे जुड़ा हर लम्हा मैं नैनों में कैद कर लेता हूँ
और उसे सिलसिलेवार कलमबद्ध कर लेता हूँ
और इसी तरह अपनी इच्छानुसार,
अचानक एक दिन मुकम्मल हो जाती हो तुम
ऐसी हो तुम,
मेरी कविता

तुम्हारी कमी नहीं लगती

खामोशी, सन्नाटा, सूनापन
कुछ इस तरह घर कर गया
के अब
तुम्हारी कमी नहीं लगती

सादगी, तीरगी, बंजारापन
कुछ इस तरह घुल गया है मुझमें
के अब
तुम्हारी कमी नहीं लगती

पीड़ा, पत्थर, पागलपन
कुछ इस तरह हो गये हैं मेरे
के अब
तुम्हारी कमी नहीं लगती

फ़कीरी, बर्बादी, फक्कड़पन
कुछ इस तरह हमसफ़र हैं मेरे
के अब
तुम्हारी कमी नहीं लगती

अलगाव, अनिच्छा, बेगानापन
कुछ इस तरह का प्रेम है मुझसे
के अब
तुम्हारी कमी नहीं लगती

वीरानी, मौत, बोझलपन
कुछ इस तरह से लिपट गये हैं मुझसे
के अब
तुम्हारी कमी नहीं लगती

धोखा, फरेब, पैनापन
कुछ इस तरह इनकी वफ़ाई है
के अब
तुम्हारी कमी नहीं लगती

वेदना

चीख रुदन पुकार कोलाहल,
बोलो इन सब का अब क्या फल

हृदय वेदना हृदय में रखकर,
सहती गयी न किसी से कहकर,
चुप्पी तोड़ी है अब इस पल
चीख रुदन पुकार कोलाहल,
बोलो इन सब का अब क्या फल

प्रीतम मोरे परदेस बसे हैं,
नयन मोरे बस राह तके हैं,
तरसी सुनने को तू भी संग चल
चीख रुदन पुकार कोलाहल,
बोलो इन सब का अब क्या फल

लिये थे अग्नि के सात जो फेरे,
सात वचन जो खाये थे मेरे,
तब न मैं समझा था ये सब छल
चीख रुदन पुकार कोलाहल,
बोलो इन सब का अब क्या फल

सेवा मैंने निःस्वार्थ करी,
बदले में कुछ न माँग करी,
इस पर सब कहते हैं पागल
चीख रुदन पुकार कोलाहल,
बोलो इन सब का अब क्या फल

सोचा मैंने सब सुधरेगा,
मेरा दिन भी कभी उबरेगा,
अमृत सोचा पाया हलाहल
चीख रुदन पुकार कोलाहल,
बोलो इन सब का अब क्या फल

अपने सब अरमान मैं भूली,
श्रृंगार का साजो सामान मैं भूली,
फँसती गयी मैं ये कैसा दलदल
चीख रुदन पुकार कोलाहल,
बोलो इन सब का अब क्या फल

भूल गयी मैं सखी सहेली,
अपने में थी एक पहेली,
सोचती थी शायद कुछ हो हल
चीख रुदन पुकार कोलाहल,
बोलो इन सब का अब क्या फल

हे प्रभु अब मेरा इंसाफ करो,
आज़ाद करो या माफ़ करो,
सँवार दो आने वाला कल
चीख रुदन पुकार कोलाहल,
बोलो इन सब का अब क्या फल

www.ingramcontent.com/pod-product-compliance
Lightning Source LLC
LaVergne TN
LVHW060126051026
849517LV00007B/2415